조선 여성 첫 세계 일주기

조선 여성 첫 세계 일주기

2018년 1월 30일 초판 1쇄 펴냄
2022년 10월 10일 초판 7쇄 펴냄

지은이 나혜석
펴낸이 이상
펴낸곳 가갸날
주 소 10386 경기도 고양시 일산서구 강선로 49 BYC 402호
전 화 070.8806.4062
팩 스 0303.3443.4062
이메일 gagyapub@naver.com
블로그 blog.naver.com/gagyapub
페이지 www.facebook.com/gagyapub

디자인 신영은

ISBN 979-11-87949-15-2 03800

이 도서의 국립중앙도서관 출판예정도서목록(CIP)은
서지정보유통지원시스템 홈페이지(http://seoji.nl.go.kr)와
국가자료공동목록시스템(http://www.nl.go.kr/kolisnet)에서
이용하실 수 있습니다. (CIP제어번호: CIP2017032231)

조선 여성 첫 세계 일주기

나혜석

가갸날

일러두기

1. 이 책은 1927년 6월 19일 열차를 타고 부산진을 출발하여 1929년 3월 12일 배로 부산항에 도착하기까지 1년 8개월 23일 동안의 나혜석의 세계일주기이다.
2. 나혜석이 쓴 21편의 기행문을 시기별, 나라별로 재구성하였다. 일부는 같은 주제의 서로 다른 글을 비교해 내용을 보충(만주, 베를린 등)하거나 주제에 맞게 글의 순서를 배열(파리)하였다. 불가피하게 제목이 꽤 바뀌었다. 각 단원을 구성하는 데 사용된 원전은 이 책의 말미에 밝혀두었다.
3. 맞춤법과 띄어쓰기, 외래어 표기는 현재의 한글 맞춤법 표준안을 따랐다. 원본의 한자 및 한자식 표현은 한글 혹은 한글식 표현으로 문체를 바꾸는 것을 원칙으로 하되, 나혜석 특유의 표현이나 문맥상 필요한 곳은 원문을 살렸다.
4. 독자의 이해를 돕기 위해 일부 주석을 달았다.

떠나기 전의 말

내게 늘 불안을 주는 네 가지 문제가 있었다. 첫째, 사람은 어떻게 살아야 잘 사나. 둘째, 남녀 사이는 어떻게 살아야 평화스럽게 살까. 셋째, 여자의 지위는 어떠한 것인가. 넷째, 그림의 요점은 무엇인가. 이것은 실로 알기 어려운 문제다. 더욱이 나의 견식, 나의 경험으로서는 알 길이 없다. 그러면서도 돌연히 동경되고 알고 싶었다. 그리하여 이탈리아나 프랑스 화단畵壇을 동경하고, 구미歐美 여자의 활동이 보고 싶었고, 구미인의 생활을 맛보고 싶었다.

나는 실로 미련이 많았다. 그만큼 동경하던 곳이라 가게 된 것이 무한히 기쁘련마는 내 환경은 결코 간단한 것이 아니었다. 내게는 젖먹이 어린애까지 세 아이가 있고, 오늘이 어떨지 내일이 어떨지 모르는 70 노모[1]가 계셨다. 그러나 나는 심기일전의 파동을 금할 수 없었다. 내 일가족을 위하여, 내 자신을 위하여, 내 자식을 위하여, 드디어 떠나기를 결정하였다.

1 시어머니.

소비에트 러시아를 가다

부산진 출발

6월 19일 오전 11시 봉천奉天[2]행 열차로 부산을 출발하였다. 어머니께서 눈물을 띠시며 '속히 다녀오너라' 하시고 목이 메어 하시는데, 내가 고개를 들지 못하는 동안 기차는 북으로 향하여 굴러갔다. 경상남북도에 가뭄이 심한 때라 전답에는 먼지가 일고 비 올 가망이 도무지 없다. 차 속 선풍기가 약간의 바람을 일으킬 뿐이요, 산야의 수목은 뜨거운 볕 아래 숨이 막혀 한다. 오후 1시에 대구에서 내렸다. 여러 지인을 만나보고 밤 11시에 대구를 떠났다.

---

2 중국 동북지방 최대의 도시로 일본에 의해 도시 이름이 봉천으로 바뀜. 일본 패망후 다시 선양瀋陽으로 불리게 됨.

수원역에서 다수 친척을 만나고 경성에 도착하였다. 경성은 지인 친우가 많이 있는 곳이라, 마음이 평화로워지고 떠나갈 마음이 없었다. 벗님 중에는 일부러 찾아주시는 분, 전화로 자주 불러주시는 분이 계셨고, 서로 점심을 먹자 저녁을 먹어다오 청해 주셨다. 20여 명 친우들께서 명월관 지점에서 만찬을 마련해 주셨다.

50여 명 벗님들이 전송을 나와 혹은 목을 붙잡아 당기고 얼싸안아 주는가 하면, 혹은 취하고, 혹은 흥에 겨워, 혹은 눈물로 여행길의 평안을 빌어주셨다. 밤 11시에 경성을 떠났다.

곽산郭山역에서 누이동생을 만났다. 경성서 따라와 전송해 준 최은희 씨는 울며 나를 보내준다. 나는 매우 고마웠다. 그의 귀한 눈물을 받을 만한 아무 충실함이 없었던 것을 매우 부끄러워하였다. 차에 탄 아우 지석은 남시南市역[3]에서 다시 남행 열차로 내려가게 되었다.

3 평안북도 염주군 염주읍에 위치한 철도역. 지금은 염주역으로 바뀜.

만주에서

안동安東[4]현 조선인회 대표 한 사람이 남시역에 마중을 나와 주었다. 신의주역에서는 안동 조선인회 회장과 우리 집에 머물던 학생이 승차하였다. 오전 11시에 안동역에 도착하니 조선 사람, 일본 사람 80여 명이 출영을 나왔다. 모두 손이 으스러져라 붙잡고 흔들며 진정으로 반겨주었다. 숙소는 안동 호텔에 정하였다.

안동현은 지난 6년간 살던 곳이라 눈에 띄는 이상한 것은 없었으니 길가에 있는 포플러까지 반가웠다. 실로 안동현과 우리와는 인연이 깊다. 사업이라고 해본 데도 여기요, 개인적으로 남을 도와본 데도 여기요, 인심에 대한 짠맛, 단맛을 처음 맛보아 본 곳도 여기다. 사교에 좀 익숙해진 곳도 이곳이며, 성격이 나빠진 곳도 여기다.

만주에 사는 동포의 경제적 발전은 오직 금융기관에 있다 하는 견지로 안동에 조선인금융회가 설립된 이래 안동 재주 조선인 금융계의 중심기관이 되어,

4 압록강 하구의 신의주 건너에 자리한 중국 도시. 지금의 이름은 단둥丹東.

나혜석 여사 세계 만유漫遊

《조선일보》 1927. 6. 21

여류 화가 나혜석 씨는 예술의 왕국 프랑스를 중심으로 동서양 각국의 그림을 시찰하고자 오는 22일 밤 10시 5분 차로 경성역을 떠나 1년 반 동안 세계를 일주할 예정으로, 오늘 오전 7시 45분 경부선 열차로 동래 자택을 출발하여 경성에 도착 지금 조선 호텔에 체재중인바, 여사는 시베리아를 횡단하여 먼저 노농勞農 사회주의 공화국 연합인 적색 러시아를 거쳐 장차 영국, 독일, 이탈리아, 프랑스, 벨기에, 오스트리아, 네덜란드, 스페인, 덴마크, 노르웨이, 터키, 페르시아, 체코, 태국, 그리스, 미국 등을 순회할 터이라 하며, 여사는 조선 호텔로 방문한 기자를 향하여 매우 다정한 웃음을 띠우고,

"1년 반이라는 짧은 세월에 무슨 공부가 되겠습니까마는 남편이 구미歐美 시찰을 떠나는 길이기에, 이 좋은 기회를 이용하여 잠깐잠깐 각국의 예술품을 구경만 하는 것이라도 적지 않은 소득이 있을 줄 믿고 가는 것이올시다. 이왕 먼 길을 가는 길에 여러 해 동안 있으면서 착실한 공부를 하여가지고 돌아오고 싶지만, 어린아이를 셋씩이나 두고 가는 터이므로 모든 것이 뜻과 같지 못합니다." 하더라.

그 전도가 유망하게 우리 눈에 보일 때에 무한히 기뻤다. 총독부와 남만주철도에 교섭한 결과 수 백여 명의 생도를 수용할 만한 보통학교가 건설되고 남만주철도에서 경영하게 되어, 직원 일동이 얼굴 가득 기쁜 빛을 띠는 것을 볼 때 어찌 만족이 없으랴. 만주에 거주하는 조선 사람의 생활이란 일정한 주소를 가진 사람이 얼마 되지 않을 정도였다.

금곡원 중국 요릿집에서 조선인회 일동의 송영회가 있었다. 실로 백여 명의 출석은 만주에 있는 조선인 생활로는 드문 예였다. 과거에 저지른 실수 없고 현재 한 사람의 적도 없으니, 안동현 여러분의 인심 후덕하신 것을 치하하는 바다.

다음날에는 지인을 찾아보고, 서양 가서 입을 조선옷을 준비하였다. 불리는 이름조차 없는 우리 옷을 세계에 소개하고 싶고, 화가들의 단조로운 눈을 새롭게 해주고 싶은 호기심도 없지 않았다. 저녁에는 음악회를 구경하였다.

그 다음날에는 일행에 섞여 채목공사採木公司 증기선을 타고 압록강 위에서 오전을 보내게 되었다. 때는 마침 음력 그믐께라 조수가 탁류가 되어 강물이 한껏 불어나 있었다. 강 남쪽은 조선이요, 북쪽은 중국인

인연 깊은 압록강에 다시 뜨게 되니 감개무량하였다. 이날 저녁은 채목공사 이사장 부인의 초대를 받았다.

다음날 아침에 고별인사를 마치고 11시 30분에 안동을 떠나 50여 명의 전송을 받으며 봉천으로 향하였다.

오후 7시에 봉천에 도착하니 형님 내외와 지우知友 몇 사람이 마중을 나왔다. 일주일 동안이나 사람에게 삐치고 길에 삐친 몸을 형님 집에서 편히 쉬게 되었다. 봉천에서 제일 맛있다는 중국 요리를 대접받고, 봉천 시가를 구경하였다. 봉천은 전에 두 차례나 본 일이 있는데, 전에 비하면 도로가 매우 정돈되고 전차까지 놓여 있었다. 봉천은 실로 동북3성의 대표도시 면모를 갖춰가고 있었다. 신구 시가의 굉장한 건축이며 성벽의 사대문, 궁성의 황금기와, 청기와, 각국 영사관에서 날리는 깃발을 비롯해 눈에 띄는 것이 많았다.

밤 9시에 장춘에 도착하였다. 호텔에 들어 차표를 부탁하고 그곳 정원에서 바람을 쐬다가 남은 시간은 시가 구경으로 채웠다.

장춘만 해도 서양 냄새가 난다. 신시가는 물론이요 중국시가도 봉천이나 안동에 비할 수 없이 정돈되

〈만주 봉천 풍경〉. 만주 안동현에 머물던 1923년경의 작품.

고 깨끗한 곳이다. 러시아 사람이 아침저녁으로 출입하는 만큼 러시아식 건물이 많고, 러시아 물품이 많으며, 러시아인 구역까지 있는 곳이다. 고무바퀴로 된 소리 없이 날쌔게 구르는 마차는 중국식 덜컥덜컥 구르는 만만디 마차와는 별다른 기분을 느끼게 하였다. 여하튼 장춘은 깨끗한 인상을 주는 곳이다.

밤 11시에 청색 기차(기차 전체가 청색이다)에 올랐다. 여기까지 오는 동안 순사의 복장이 지역에 따라 다른 것을 퍽 흥미 있게 보았다. 부산에서 신의주까지는 흰색 정복에 빨간 테두리 정모를 쓰고 있다. 정거장마다 혼자 혹은 둘씩 번쩍이는 칼을 잡고 선 순사들이 혹시 그들이 부르는 바 불령선인不逞鮮人이 오르내리지 않는지 주의를 쏟고 있다. 안동서 장춘까지는 누런 복장에 두세 가닥 붉은 줄이 들어간 누런 정모를 쓴 만철 지방 주임순사가 피스톨 가죽 주머니를 혁대에 메어 차고 서서, 이곳이 비록 중국 땅이나 기찻길이 남만주철도 관할이라는 자랑과 위엄을 보이고 있다. 장춘서 만주리까지는 검은 회색 무명을 군데군데 누빈 복장을 입고, 어깨에 3등 군졸의 별표를 붙이고, 회색 정모를 비스듬히 쓰고, 칼을 질질 끌리게 차고,

내 남편*은 이러하외다

《신여성》 1926. 6

성질이 둥그레 하면서도 극렬한 감정가외다. 그러므로 보편적으로는 사람이 좋다는 인상을 주는 사람이나, 제일 가까운 사람에게는 때때로 기가 막히게 철부지 감정을 부립니다. 그러나 대체로 보면 착하고 좋은 사람이외다. 누구든지 남 보기를 자기 표준으로 하니까, 남을 다 좋은 사람으로만 믿고 보는 사람이외다. 그러므로 간혹 가다가 남을 너무 믿는 까닭으로 안고 넘어질 때가 있습니다. 이 사람에게 큰 결점은 너무 취미성이 박약한 것이외다. 그러나 남의 취미를 방해는 결코 하는 사람이 아니요, 할 수 있는 대로 남의 개성을 존중해 주는 것은 무엇보다도 미점美點으로 압니다.

* 나혜석의 남편 김우영은 1886년 부산 동래에서 태어나 일본 오카야마 제6고등학교, 교토대학 법학부를 졸업하고 변호사가 되었다. 경성에서 개업해 3·1운동 및 독립운동 사건의 변호를 맡기도 하였으나, 일본 외무성 만주 안동현 부영사를 거쳐 총독부 관리를 지냈다. 1920년 나혜석과 결혼. 그들의 결혼은 나혜석의 파격적인 결혼 조건으로 화제가 되었으며, 결혼후 둘은 신혼여행으로 나혜석의 전 애인이었다가 요절한 최승구의 묘를 찾아가 묘비를 세웠다.

곧 가슴이라도 찌를 듯이 창검을 빼들고 멍하니 휴식을 취하던 중국 보병이 기차가 도착할 때와 출발할 때에는 두 발을 꽉 모아 차렷 자세를 한다. 이것은 몽골로 침입하려는 마적을 막자는 것이겠다.

러시아 관할 정거장에는 개찰구에 종이 하나씩 매달려 있다. 기차가 도착하면 그 즉시 종을 한 번 친다. 출발할 때는 두 번 울리고, 호각을 불면 곧바로 바퀴가 움직이기 시작한다. 종소리와 호각 소리는 호의를 갖고 말하자면 간단 명백하고, 악의를 갖고 말하자면 방정맞고 까부는 것 같았다. 늘씬한 러시아 사람과는 도무지 조화가 들어맞지 아니한다.

하얼빈 역에 도착하니 이상우 씨가 마중 나왔다. 그만 해도 사람이 그리워 반가웠다. 곧 북만 호텔에 투숙하게 되었다.

국제도시 하얼빈

하얼빈은 북으로 러시아와 유럽 각국을 통하여 세계적 교통로가 되어 있고, 남으로 장춘과 이어져 남만주철도와 연결되는 곳으로 세계인의 출입이 끊이지 않는다. 러시아 혁명 이후 백군白軍파가 망명해 이곳에 다수 집합하였다. 세계적 음악가, 미술가, 그밖에 여러 기술자들이 많이 모여들어 곳곳에서 좋은 구경을 할 수 있었다. 과연 하얼빈은 시가가 흥성하고 인물이 화려한 곳이다. 그러나 도로에 사람머리만한 돌이 깔려 굽 높은 구두로 걷기에는 매우 힘이 든다. 때는 마침 7월, 무더위에 처한 때라 돌발적으로 검은 구름이 하늘을 덮으면 대륙적인 폭우가 맹렬히 쏟아진다. 곧 털외투라도 입을 만큼 선선하다가 삽시간에 볕이 쨍쨍하게 나서 다시 푹푹 찐다. 오후 4시쯤 나가 보면 형형색색 모자와 살 비치는 옷을 입은 미인들이 길이 미어지게 지나간다.

어느 곳을 막론하고 빈부의 차가 있는 동시에 생활이 하나 같을 수는 없을 것이다. 내가 본 하얼빈 여성들의 생활의 일부분은 이러하다. 아침 9시쯤 일어나서 식구 모두가 빵 한 조각과 차 한 잔으로 아침을 먹는다. 주부는 광주리를 옆에 끼고 시장으로 간다. 점심과 저녁에 필요한 식료품을 사가지고 와서 곧 점심 준비를 한다. 대개는 쇠고기를 많이 써서 우리나라 곰국같이 고기를 넣고 두세 시간 곤다. 12시부터 오후 2시까지 식탁에 모여 앉아 한담을 나누며 진탕 점심을 먹는다. 이 시간에는 각 상섬은 철문을 꼭꼭 닫는다. 그리하여 점심시간에는 인적이 끊긴다. 주부는 가사를 정돈해 놓고 낮잠을 한숨 잔다. 저녁은 점심에 남은 것으로 때우고, 화장을 하고 활동사진관, 극장, 무도장에 가서 놀다가 새벽 5, 6시경에 돌아온다. 부녀의 의복은 자기 손으로도 해 입지만, 그보다도 상점에 가서 많이 사서 입는다. 겨울에는 여름옷에 외투만 걸치면 그만이다. 여름이면 다림질, 겨울이면 다듬이질로 일생을 허비하는 조선 여성이 불쌍하다.

오락기관이 많이 생기는 원인은 구경꾼이 많아져서다. 구경꾼 중에 남자보다 여자가 많은 것은 어느 사회나 마찬가지다. 서양 각국의 오락기관이 번창하는 것은 오직 그 부녀 생활이 그만큼 여유가 있고 시간이 있기 때문이다. 내가 전에 경성서 어느 극장 앞을 지나면서 동행하던 친구에게 말한 때가 있다. 극장 경영을 하려면 근본문제, 즉 조선 여성의 생활을 급선무로 개량할 필요가 있다고. 실로 여성의 생활에 여유가 없는 사회에 오락기관이 번영할 수는 없는 것이다.

지우 몇 사람과 더불어 제일 번화가에 있는 부두

〈중국촌〉. 만주 중국인 마을.
1926년 조선미술전람회 입선작(같이 출품한 〈천후궁〉은 특선).

공원에 갔다. 이 공원은 동포 최모와 러시아 사람이 합자 경영하는 곳이다. 그래서 개찰구에 러시아 사람과 조선 사람이 각 한 사람씩 있었다.

정원에는 꽃이 무늬를 이루어 피어 있고, 극장이 있으며, 식도락 무도장이 있고, 수풀 사이에는 활동사진이 있어 관중으로 채워져 있다. 초인종 소리가 나자 서고 안고 걷고 놀고 하던 사람들이 일시에 모여들어 극장으로 들어간다. 극장 안의 의자는 입장권에 따라 앉게 되어 있다. 인도 극이었다.

인도 왕자는 프랑스 유학을 갔다가 졸업하고 온다. 인도 국민 전체가 환영하였다. 오직 교회 문지기만 국법에 외국 출입하는 자는 국적國賊이라 하였다고 왕자를 조소한다. 왕자가 프랑스 미인을 데리고 와서 결혼을 허락해 달라고 부왕께 아뢸 때, 부왕이 대로하여 여자를 때리고 발길질하는 장면에서 조선사회 과도기를 연상하지 않을 수 없었다.

또 하나는 영국 사진이었다. 당시 명성이 자자하던 일류 여배우가 공작의 총애를 받으면서도 그에 만족하지 못하고 한 천인 어부를 사랑한다. 그 어부는 매우 솔직하고 천진스러웠다. 어부는 공작을 죽이고 10년 징역을 사는 동안에도 여배우를 잊지 아니하였다. 여배우 역시 한때 악마의 구렁텅이에 빠졌으나 어부를 잊지 아니하였다. 그리하여 두 사람은 기쁘게 만나게 되었다. 금전이 만능이 되고 겉치레가 사교술이 되어 가면 갈수록 끊임없는 노력과 진정한 사귐이 그리워진다.

3일은 마침 일요일이라, 일요일이면 사람들이 거의 다 송화강으로 모여든다는 말을 듣고 구경을 갔다.

이쪽에서 저쪽 언덕까지 5정町쯤 되는 탁류를 건넜다. 강변에는 휴게소가 무수히 있을 뿐 아니라, 여름 한때 피서하는 나무 바라크와 천막이 깔려 있다. 수풀 위에서 맛있는 음식을 가족이 함께 즐기고, 두 다리를 포개고 손을 한데 모아 정답게 속살거리는 연인들, 포실포실한 나체로 배회하는 여자들, 키 작은 버들 사이로 종횡무진 삼삼오오 무리를 지어 거니는 사람들이 태양도太陽島를 덮었다. 실로 이 송화강은 하얼빈 시민에게 없어서는 안되는 피서지다.

저녁밥은 조선인회 회장 집에서 먹었다. 그러고는 그 부인과 구경을 갔다. 하얼빈 온 후 구경이 처음이라고 매우 좋아한다. 나는 언제든지 좋은 구경 많이 한 사람과 다니는 것보다 도무지 구경이란 것을 못해

본 사람하고 다니는 것을 좋아한다. 그리하여 그 사람이 좋아하고 기뻐하는 것을 보면 픽 유쾌하다. 이날도 매우 상쾌하였다.

여러 지우와 함께 공동묘지를 구경 갔다. 정면에 있는 납골당 옥상에는 금색 십자가가 번쩍이고, 멀리서 오는 장례 행렬을 보고 종을 울려 환영의 뜻을 표한다. 넓은 묘지에는 형형색색의 묘가 있고, 아직도 푸른 잔디인 곳은 누가 주인이 될는지 때를 기다리고 있다. 오는 길에 중국식 건물로 유명한 극락사에 들렀다. 청황색 기와부터 진홍색 벽, 남색 무늬의 강렬한 색이 찬란하였다. 마치 내 몸이 그 안에 죄어드는 듯싶었다.

흥안령 산맥을 넘어

하얼빈에서 만주리滿洲里까지 갈 동안에 지낼 준비를 하였다. 6일 밤 8시 10분에 하얼빈을 떠나게 되었다. 우리는 전송해 주시는 20여 명의 지인에게 사의를 표하면서 동지東支철도 일등실에 올랐다. 중국이 만국철도회의에 참가하지 아니하였으므로, 만주리 가서는 와고니 만국 침대차로 환승하게 되었다. 이 선로는 기관사가 역장에게 전하는 통표 걸이의 모양이 철봉과 같았다.

기차는 한쪽 황무지로 끝없이 굴러 가는데 좌우 수풀 속에는 흰 찬연 작약이 흐드러지게 피어 있다. 망망 광야 잔디 위에 청색, 황색, 적색, 백색 갖은 화초가 혼잡스럽게 피어 있어, 마치 푸른 벨벳 위에 봉황으로 수를 놓은 것 같았다. 곧 뛰어 내려가 데굴데굴 굴러 보고 싶은 데도 많았다. 하천이 드무니 농사에 맞지 않아서인가, 산악이 험하니 넘어오기 곤란해서인가. 쓰고 남은 땅이거든 우리나 주었으면… 우리 일행이 자연에 취하였을 때, 옆 칸 객실에서 서양인의 유창한 독창 소리가 난다. 기차나 기선 여행중에 음악처럼 좋은 것이 없을 것 같다. 실경을 보고 그것을 찬미하여 부르는 자야말로 행복스러울 것이다.

오후 3시에 유명한 흥안령을 넘게 되었다. 여기가 벌써 해발 수 천 척이다.

밤 8시에 러시아와 중국의 국경인 만주리에 도착하였다. 한 시간 동안 시가를 구경하였다. 국경인 만큼 군영이 많고, 조그마한 시가지이나마 조선인 밀매음녀까지 구비해 있다. 여기서 세관 검사가 있었으나 우리는 공용 여행권을 가진 관계상 언제 어떻게 지났

는지 몰랐다. 왼쪽 기차에서 오른쪽 기차로 짐을 옮기는 보이가 여행 가방 한 개에 대양大洋[5] 80전씩 받는데는 아니 놀랄 수 없었다.

밤 11시에 만주리를 떠나 와고니 회사 만국 침대차로 환승하였다. 차 실내 설비는 동지철도와 별다른 것이 없고, 다만 1등 객실 속에 세면장이 증설되어 있을 뿐이었다.

1927년 5월 15일부터 치타와 모스크바 사이 급행열차는 만주리와 모스크바간 급행열차가 되어 치타에서 환승하는 것이 폐지되었다. 이 급행열차에는 연상차軟床車, 경상차硬床車, 식당차, 1, 2등 침대차 등이 갖추어져 있다.

만주리에서부터 동행인은 이러하였다. 귀족의원 노다 씨(남미 브라질행), 중의원 직원 마쓰모토 씨(제네바 군축회의 출석차), 공학사 고토 씨(독일 시찰차), 가토 씨 일행 9인(흑해에 빠진 군함 중에 있는 금괴를 건지러 가는 길), 의학박사 안도 씨 부인, 호리에 고등상업학교 교원 부인과 중국인 유씨(베를린 대학생),

5 중국에서 유통되던 은화.

아우 추계秋溪* 에게

《조선일보》 1927. 7. 28

나는 지금 유명한 바이칼 호반을 통과하는 중이다. 듣던 바 이상의 경승지다. 이곳은 경성 9, 10월의 기후다. 오전 2시에 해가 뜨고 오후 1시에 해가 진다. 낮에 잠을 자는 것 같아서 좀 이상한 느낌이 든다. 지평선이 푸른 하늘과 닿은 듯한 황무지에는 은방울꽃이 반짝이고, 양떼와 소떼가 한가로이 거닐고 있다. 그윽한 이 한 폭의 그림은 네가 항상 말하던 집터를 연상하게 한다. 이곳에서 모든 벗들과 한잔의 술을 나누고 춤이나 추어보았으면 …

*《조선일보》 기자 최은희. 이 글은 최은희 기자에게 보낸 엽서 속의 글임.

이씨 부부(영국 옥스퍼드 대학생). 너무 오랫동안 동행이 되니 모든 행동이 서로 익숙해진다.

시베리아를 통과하다

만주리에서 여권 검사를 받고 기차는 소비에트 연방의 영역으로 들어선다. 창망한 광야를 질주하는 동안 곳곳에 낙타의 무리, 브리야트 인의 작은 집이 차창으로 보인다. 오논 강을 건너 칼부이스카 역에 도착하니 여기서부터 궤도는 복선으로 되어 있다.

치타Chita 역에 도착하니 정오가 되었다. 소낙비가 끊임없이 쏟아지는데 러시아 농민 여자들이 머리에 붉은 수건을 쓰고 아이를 안고 서서 승객들이 나와 거니는 것을 유심히 구경하고 있다. 이곳은 농산물로 유명한 곳이다. 여기서 13시간 동안 가서 공장이 많은 베르흐네우딘스크[6]에 도착하였다.

지금부터 유명한 바이칼 호 호반으로 기차는 질주한다. 물은 언제 보든지 반갑다. 그리고 모든 사람

6 지금의 울란우데Ulan-Ude.

에게 친근한 맛을 주는 것은 물론이다. 하물며 망막한 대평야에 있는 바이칼 호수의 경색이랴. 지루해 못 견디던 승객은 차창에 모여 섰다.

크라스노야르스크Krasnoyarsk에 이르려 할 때 반가운 것은 송림 사이로 은은히 보이는 교회 첨탑이었다. 시베리아의 아테네라고 하는 톰스크Tomsk와 정치경제 중심지인 노보시비르스크Novosibirsk를 지나 옴스크Omsk에 도착하였다. 이 부근에는 쓰러진 오두막집과 부서진 차량이 많이 있어 혁명 당시 참극의 자취를 볼 수 있다. 이곳에서부터 흙빛이 점점 흑색으로 변하여가고, 식물 파는 여자들의 복장이 차차 깨끗해진다.

여기는 스베르들로프스크[7]다. 러시아 황제 니콜라이 2세 일가가 비참한 최후를 마친 곳이니, 니콜라이 일족은 죽기 전에 이 부근을 소요하였을 것이다.

지평선과 푸른 하늘이 맞닿은 황망한 들판에 푸른 잔디가 끝없이 깔려 있고, 비단실로 수놓은 듯한 흰 은방울꽃과 붉은 장미꽃이 섞여 있었다. 뭉툭 잘린 자작나무 고목, 한숨에 뻗쳐오른 적송은 무한히 많다.

7 지금의 예카테린부르크Yekaterinburg.

흰빛 검은빛이 섞인 얼룩소 떼는 목을 늘여 한가스럽다. 이곳이 겨울이 되어 백설이 희디 흰 대평야에서 시베리아 인이 썰매를 타고 질주할 것을 상상하지 않을 수 없다.

오로라

자작나무 삼림 위에는 석양이 냉랭했다. 온 하늘빛이 황색이 되었다가 진홍색으로 바뀌더니 청회색으로 변한다. 하늘은 확실히 둥근 형상이 보이고, 밤낮을 분간할 수 없게 되었다. 하늘은 거울같이 투명하고 어지러이 빛난다. 그리고 거기에는 갖은 형상이 다 보였다. 이것이 우리가 부르던 오로라다. 우리는 익히 알던 노래 〈오로라〉를 불렀다.

갈까 보다 말까 보다
오로라의 아래로
러시아는 북쪽 나라
끝이 없어라
서쪽 하늘엔 석양이 타고

동쪽 하늘엔 밤이 샌다
종소리 들리누나
중천으로부터

오려니 너무 밝고
가려니 어둡다
멀리서 불빛이
반짝반짝해
섰거라, 헌 마차여
쉬어라, 백마여
내일 갈 길이
없는 바 아니나
나는 나는 뜬 수풀
바람 부는 그대로
흐르고 흘러서
한없이 흘러
낮에는 길 걷고
밤엔 밤새껏 춤추어
말년엔 어디서
끝을 마치든

콘스탄틴 코로빈, 〈바이칼 호수와 타이거〉

"나는 지금 유명한 바이칼 호반을 통과하는 중이다. 듣던 바 이상의 경승지다.
… 지평선이 푸른 하늘과 닿은 듯한 황무지에는 은방울꽃이 반짝이고,
양떼와 소떼가 한가로이 거닐고 있다. 그윽한 이 한 폭의 그림은
네가 항상 말하던 집터를 연상하게 한다. 이곳에서 모든 벗들과
한잔의 술을 나누고 춤이나 추어보았으면…"

어느 곳에 이르면 하의를 넓게 껴입고 붉은 수건을 머리에 써 늘어뜨린 집단농장 여자들의 무리가 늘어서 있고, 어느 곳에 이르면 몽골인의 무리가 수염을 쓰다듬으며 점잖이 서 있다.

정거장마다 그곳 농민 여자들이 계란, 우유, 새끼돼지 훈제를 들고 판매점에서 여객에게 사가기를 청하고, 소녀들은 들판에 피어 있는 향기 높은 꽃다발을 가지고 여객에게 권하는 특수한 정취를 맛보게 된다. 기차 보이가 갖다 주는 꽃을 먹고 남은 통조림통에 꽂아놓고, 구매한 음식을 탁자 위에 벌여놓고 부부가 마주앉아 먹을 때, 우리 살림살이는 풍부하였고 재미스러웠다.

모스크바에 가까이 다가가자 농촌은 온통 감자로 깔렸다. 선로 주변에는 걸인이 많고, 정거장 대합실 바닥에는 병자, 노인, 어린이, 부녀들이 신음하고, 울고, 졸고, 혹은 두 팔을 늘어뜨리고 앉아 있거나 담요를 두르고 바랑을 옆에 끼고 있는 참상이니, 러시아 혁명의 여파가 이러할 줄 어찌 가히 상상하였으랴. 러시아라면 혁명을 연상하고 혁명이라면 러시아를 기억할 만큼, 시베리아를 통과할 때는 무엇인지 모르게 피비린내 공기가 충만하였다.

모스크바 CCCP

옛 러시아 제국의 수도는 페테르부르크였지만, 1917년 대혁명이 있은 후 소비에트 사회주의 연방 공화국CCCP[8]은 수도를 모스크바로 옮겼다. 모스크바는 지리상 위치로 보더라도 서구와 동아시아 나라를 이어주는 세계적인 큰길로서의 사명을 가지고 있다. 오랫동안 차 속 생활을 하다가 여기서 내리니 심신이 상쾌하였다. 러시아 통과는 비교적 편리하나, 입국해 머무는 데는 엄중한 제한이 있어서 집행위원회 외국여권과에 가서 거주권을 받아야 하므로, 여행객들은 될 수 있는 대로 당일 통과하는 것이 좋다.

우리는 여기서 3일간 체재하였다. 호텔 숙식료며 물가가 높은 데는 놀라지 않을 수 없었다. 그리고 자동차와 택시는 개인 소유가 없이 모두 국유인데다 얼마 되지도 않아서, 거리가 멀건 가깝건 꼭 걸어 다니게 되었다.

모스크바 정거장에 내리면 조선인 박씨가 있어

8 러시아어 Союз Советских Социалистических Республик의 약자.

서 조선인이든 일본인이든 안내를 청한다. 박씨는 전에 러시아 주재 한국공사관 참사로 있던 사람인데, 지금은 안내 영업으로 생활을 유지하여 간다. 이 박씨는 일본인을 안내하고, 우리는 일본인 러시아 유학생의 안내를 받게 되었다.

우선 나서는 길로 푸시킨 미술관, 트레티야코프 미술관, 근대 프랑스 미술관, 모로조프 박물관과 혁명 박물관을 언뜻언뜻 보았다.

러시아 미술은 역사상으로 보면 조금도 구속을 받지 아니하였다. 러시아 문화의 중심이 변동함에 따라 예술가들은 중단되었던 예술을 중흥시키기 위해 노력하였다. 동시에 러시아 예술은 외국 여러 나라의 영향을 많이 받았으나, 본래 가진 특질은 의연히 보전하였다. 러시아 현대미술은 대략 3개 파로 나눌 수 있다. 첫 번째는 보수파로 혁명 전의 전통을 보수하려는, 기술보다 구상을 중요시하는 파요, 두 번째는 동서양 미술의 장점을 취하여 자기화하려는 비교적 진보한 파요, 세 번째는 극히 소수이니 구성파 예술을 민중화하려는 일파이다. 그 외 모스크바 파며 레닌그라드 파며 각 지방파도 많이 있다. 그 중에도 예술 중심지인 모스크바에는 혁명러시아미술가협회, 사과四科 협회, 미술잡지기자조합이 있어 해마다 전람회가 왕성하다.

푸시킨과 트레티야코프 미술관은 푸시킨Pushkin과 트레티야코프Tretyakov 개인이 수집한 유럽 각국의 유명한 그림이 많았다. 근대 프랑스 미술관에는 근대 프랑스 화단에 유명한 그림은 거의 다 있었다. 무엇보다 모스크바 미술관의 진열 방법은 세계에 자랑할 만하다는 세평이 있다.

크렘린 궁전

높은 성벽이 있고 십자가 옥상이 보이는 크렘린 궁전 주위를 돌아서 바실리 사원을 들어가 으리으리한 장식을 정신 놓고 보다가 나와서, 나폴레옹 전쟁 기념공원을 보고 다시 나와 국영 백화점 속을 휘돌아서 맑게 흐르는 모스크바 강을 건너 흰 돌로 지은 노동궁 앞을 지나서 참새 언덕으로 갔다. 언덕에 올라서니 모스크바 전경이 눈앞에 나열한 중에 돔 지붕 교회당 옥상의 금색이 태양에 번쩍거려 가관이었다.

다시 내려와서 러시아 현 정부당국들의 클럽 식당에 가서 밥을 먹고 에레와 공원에서 거닐다가 돌아왔다. 아침에 사방 교회당으로부터 종소리가 울려 들려온다. 나는 궁금증이 나서 나아가 사람들 뒤를 따라 가까운 큰 교회당으로 갔다. 마침 장례식을 거행하고 있었다. 관 뚜껑을 열고 꽃 속에 싸인 시체를 공개한다. 누구든지 들어가서 한 번씩 들여다보고 기도를 올리고 또 옆에 있는 예수 초상에 입을 맞추고 나온다.

시가지 어느 교회당 정문에는 '종교는 아편'이라고 써 붙였다. 군중은 그것을 보면서 그 곁에 있는 회당에 들어가 절을 하고 나온다.

모스크바 시가는 너절하다. 그리고 무슨 폭풍우나 지나간 듯하여 수습할 길이 없어 보인다. 사람들은 모두 실컷 매 맞은 것같이 늘씬하고 아무려면 어떠랴 하는 염세적 기분이 보인다. 남자들은 와이셔츠 바람으로 다니고, 여자들은 모자를 쓰지 않고 발 벗고 다닌다. 내용을 듣건대 비참한 일이 많으며, 외국 물건이 없어서 국내산으로만 생활하게 되므로 물가가 비싸고 불편한 점이 많다 한다.

오후에는 레닌Vladimir Lenin 묘를 구경 갔다. 공개하는 시간 전부터 구경꾼이 줄을 섰다. 좌우 문을 지키고 있는 문지기 사이로 엄숙히 발자국을 가볍게 하여 들어갔다. 지하 층계로 내려서서 유리 관 주위를 돌며 창백한 얼굴로 조용히 드러누운 레닌의 시체를 보게 된다. 이 혁명가 레닌의 시체에 대하여 실물이니 아니니 세평이 자자하나 하여간 보게 된 것이 광영이었다. 광장 앞에서 나팔 소리, 북소리가 하늘 높이 떠오르고, 광장에는 적색 깃발이 수만 개 나부꼈다. 무려 수만 군중 속에서 청춘남녀들이 적색 모자를 쓰고 적색 넥타이를 매고 마차 위 혹은 자동차 속에서 팔을 뻗치고 발을 굴러 활기 있는 소리로 합창이나 독창을 하여 북적북적하고 와글와글해졌다. 영국과의 국교 단절 시위운동이라고 한다. 한참 동안 구경하다가 떠날 길이 바빠 돌아섰다.

오후 5시에 모스크바를 출발하여 목적지인 프랑스로 향하였다. 러시아와 폴란드 국경 세관에서 일일이 짐을 가지고 내려가 조사를 받게 되어 퍽 거북하였다.

폴란드

폴란드 농촌에는 누런 보리가 지천으로 깔려 있었다. 거기는 일본 농가와 같은 집이 간간이 있어 마치 일본 도카이도 선을 통과하는 느낌이 들었다. 들판 수풀 위에는 시내에서 멱을 감다가 쉬는 남녀 청년이 많이 보이고, 서양 화초가 무진장 피어 있어 이만 해도 서양 냄새가 충분이 나는 것 같고, 내 몸이 이제야 서양에 들어온 것 같은 감이 생겼다.

여기서 승차하는 폴란드 사람들은 남녀 모두 인물이 동글납작하고 토독토독하여 귀염성스럽고 단아한 맛이 느껴졌다.

폴란드는 이번 구주 대전 후에 독립국으로 국제 사회와 정치나 통상, 문화, 경제 관계를 맺게 되었다. 명소가 많은 곳이나 다 못 보고, 수도 바르샤바를 약 1시간 자동차로 구경할 뿐이었다. 이곳에서 낯설어 보이는 것은 철도원 기차 보이가 사각 모자를 쓰고, 경찰이 청색 복장을 하고 있는 것이었다.

17일 오후 8시에 바르샤바에서 환승한 후 18일 오전 9시경 독일 베를린을 통과하게 되었다. 비가 와서 차창이 흐려 잘 보이지 아니하나, 베를린 역의 유리천정 돔이 멋스러웠다. 곳곳에 하늘을 뚫을 듯한 공장 굴뚝이 늘어서 있고, 하늘빛이 연기 때문에 흐렸다.

파리에서 스위스로

제네바를 향해

7월 19일 오전에 파리 가르 드 노르(북역)에 내리니 안재학 씨와 이종우 씨가 나와 맞아주었다. 매우 반가웠다. 둘의 안내를 받아 호텔에 투숙하게 되었다. 파리 구경은 길을 좀 안 다음에 하기로 하고, 볼일이 있어서 제네바로 가게 되었다.

27일 오전 8시에 스위스를 향하여 떠났다. 스위스와 프랑스의 국경 벨가르드에서는 휴대품을 검사할 때 구내의 지정된 장소로 짐을 가지고 내린다.

들판에는 누런 보리가 깔려 있고, 거기에 진홍색 양귀비꽃이 피어 섞여 가관이었다. 큐로에서부터 산천이 보이기 시작하더니 경치가 완연히 수려해진다. 여기서부터 제네바 호수로 흘러 지중해로 들어가는 냇물이 기차선로를 따라 이어진다. 두세 시간을 질주하는 동안 낮아졌다가 높아지고, 가까이 다가왔다가 멀어지고, 태양에 번쩍이는 폭포가 되었다가, 짙푸른 못이 되었다가, 잔잔한 쪽빛 못물이 되었다가, 비누 거품 같은 탁한 물도 된다. 절벽 위나 절벽 아래에는 가옥이 끊임없이 들어 서 있어 산천과 조화를 이루고 있다. 눈을 멀리 바라보면 뾰족 솟은 산봉우리들이 연속하여 흑색 자색 감색으로 바뀐다. 볼 수 있는 대로 열심히 보지만, 열차 창을 통해 보기에는 모든 것이 너무 간지러웠다.

터널을 많이 지나나 전기 철도여서 연기가 없다. 경색에 취하였을 때 어느덧 오후 7시에 제네바 역에 도착하였다.

페지나 호텔 48호실에 투숙하였다. 저녁식사 후에 궁금증이 나서 산보를 나섰다. 우리가 묵는 호텔 바로 앞에 제네바 호 — 스위스 전국의 무수한 호수 중 제일 큰 호수 — 가 있다. 호반에는 한창 무성한 가로수가 있다. 그 사이로 그리운 남녀가 분분하다. 곳곳의 레스토랑에서는 음악소리가 울려나오고, 댄싱홀은 난간에 전등 장식을 찬란히 꾸며놓고 관현악곡으로 손님을 끌어들인다. 호수 난간에 날계란만한 전구를 줄에 끼워 굼틀굼틀 꾸며놓았다. 그것이 검은 호수에 비쳐 흔들리는 야경이 말할 수 없이 좋아 보였다. 호수 위에는 나직한 다리가 이리저리로 걸려 있어 오가는 사람이 끊임없다.

마침 군축회의가 열려 일본 대표와 마루야마 씨 부부, 후지와라 씨 부부를 만나 기쁘게 놀고 점심까지 같이 먹었다.

금강산을 보지 못하고 조선을 말하지 못할 것이며, 닛코日光를 보지 못하고 일본의 자연을 말하지 못할 것이요, 소주蘇州나 항주杭州를 보지 못하고 중국을 말하지 못하리라는 말같이, 스위스를 보지 못하고 유럽을 말하지 못할 만큼 유럽의 자연 경색을 대표하는 나라가 스위스요, 그 중에도 제일 화려하고 사람 운집하는 곳이 이 제네바다. 과연 제네바는 문인 묵객의 유람지인 만큼, 교통기관이 편리하여 전차궤도가 종횡으로 무수하며, 자동차 마차가 시중에 꽉 차서 어느 때 어디서든지 타게 된다. 실상 타고 다닐 만한 곳도 아니나, 원래 돈 많은 영미英美인들이 돈 쓰러 오는 곳이라 다른 곳과는 다르다. 끝없이 오고 가고 하는 사

〈유럽 풍경〉

람들 가운데는 일본 외교사절 60여 명이 섞여 황인을 많이 볼 수 있었다. 이제부터 내방객이 점점 증가하여 9월 중순경에 절정에 달한다고 한다.

스위스의 명산품은 다 아는 바와 같이 시계다. 그 외 목조와 보석 등이 명물인 듯하여, 색색의 미묘한 세공은 유람객의 발길을 머물게 하고, 눈을 끌며, 마음을 녹인다.

석양에 호텔에 돌아오니 책상 위에 박석윤 씨의 명함이 놓여 있다. 너무 의외라 놀라고 반가웠다. 얼마 지나지 않아 문을 두드리더니 박씨가 들어온다. 이국에서 동포를 만나보면 조상으로부터 받은 피가 한데 엉기는 것 같은 감회가 생겨나 감사함을 더욱 느끼게 된다.

다음날 아침 9시 20분발 증기선으로 호수를 일주하였다. 출발과 동시에 갑판 위에서 관현곡이 울린다. 태양 빛이 흐르는 호수 위에 둥실둥실 떠 음악소리에 몸이 싸였을 때, 아— 행복스러운 운명에 감사 아니 드릴 수 없었고, 삶에 허덕이는 고국 동포가 불쌍하였다.

로잔 등지를 지나 몽트뢰Montreux에 상륙하여 부

근을 소요하니 제네바 호수가 한눈에 들어왔다. 건너편에는 몽블랑 최고봉이 구름에 싸여 하늘 높이 솟아 있으며, 왼쪽에는 알프스 연봉이 올록볼록 어지러운데, 산 그림자가 호수에 비치는 장관이 말할 수 없이 좋았다. 과연 산자수명하고 그윽이 아름다운 자연미에 기기묘묘한 인공을 더하였으니, 그 경색을 무슨 형용으로 찬미할까.

이곳에 시옹 성Château de Chillon이 있다. 이 성이야말로 바이런Byron의 〈시옹 성의 죄수〉라는 유명한 역사적 유서를 가진 곳이라, 4시에 돌아오는 길에 들렀다. 흰 구름과 같은 갈매기 떼가 기선을 따르면서 선객들이 던지는 빵을 받아먹는 광경은 볼 만도 하였거니와 지루한 줄을 몰랐다. 도중에 음악대가 오르더니 1곡을 연주하고, 그릇을 가지고 다니면서 선객들에게 돈을 청구한다. 그들은 악단을 조직하여 상업적으로 이 배 저 배로 옮겨 다닌다.

제네바 호수의 특색은 녹음 빛이다. 거기 햇빛이 쪼이면 황색이 되어 숲의 색깔과 분간하기가 매우 어렵다. 다음날 아침 31일은 일요일이라 박씨를 비롯한 지인 몇 사람과 프랑스령 안시Annecy 구경을 갔다. 여기도 역시 호수가 있는 아름다운 곳이었다. 호반 광장 무성한 나무 그늘 아래 수만 군중이 모여 박수소리가 하늘 높이 울려 퍼진다. 높은 단상에는 십자가와 국기가 걸려 있다. 백발노인 시장이 수상식 연설을 하고, 그 아래는 각양각색 분장한 남녀 학생들이 늘어앉았다.

다음날은 사교계에 유명한 스위스 부인, 그리고 박씨와 동행하여 제네바 전경을 볼 수 있는 쌀레브 Salève 산을 올랐다. 이 쌀레브 산은 프랑스와 스위스 사이에 있는 조그마한 산인데, 두 나라가 서로 갖겠다고 말썽을 부리다가 결국 프랑스 땅이 되고 만 산이다.

이왕 전하

오늘은 이왕李王 전하[9]께서 인터라켄Interlaken을 통과하옵신다. 전하는 하차하시면서 우리 말씀으로 우리에게 언제 왔느냐고 말씀해 주셨다.

오후 8시에 프리바자 식당에서 사이토 총독이 전하께 만찬을 올리게 되었다. 더불어 군축회의 각 수

9 영친왕 이은. 일제는 대한제국 황제를 이왕으로 낮춰 불렀으며, 순종이 승하한 다음 영친왕이 이왕의 지위를 물려받았다.

석, 차석 대표를 비롯하여 회의 관계로 체재중인 대사, 공사, 칙임관을 초대하게 되있다. 관등으로는 감히 출석하지 못할 우리 부부도 참가하였다.

내빈 70여 명 중에 영국 대표 프리드먼(현 해군 장관) 부부, 미국 대표 데이비슨 부부 등 동부인은 5, 6인에 불과하였다. 부인이 적을 때는 여자가 상석에 앉을 수가 있다. 그리하여 상관에게 그 부인이 중요한 것을 알리게 된다.

외교관의 외교상 부인의 역할이 중요한 것은 이러한 경우가 많이 있는 까닭이다. 그러므로 외교관의 부인일수록 애교가 있고 날렵해야 한다. 내 오른쪽에는 캐나다 대표가 앉고, 왼쪽에는 영국 차석 전권이 앉게 되었다. 이런 자리에서 어학에 능통하면 유익한 대화가 많으련만 큰 유감이었다. 어학이란 잘하면 도리어 결점이 드러나나, 못하면 귀엽게 보아주는 수가 있다. 그리하여 맞으면 다행이요, 아니 맞으면 웃음이 되어 오히려 애교가 되고 만다. 참 무식한 것이 한이 된다.

다음날 밤에는 전하께서 칙임관 이하 20여 명에게 알현할 기회를 주셨다. 우리 부부도 또 참석하게 되었다. 식후 사담을 나누는 중에 전하께서 나에게 특별히 그림을 그려달라고 하셔서 매우 황송스러웠다. 전하는 영국 황제와 인사를 나누러 이날 밤에 떠나셨다.

다음날 오후 마루야마 씨, 후지와라 씨 두 부부와 전에 인천 공사로 왔던 프랑스인 미망인의 집에 가서 스키야키를 먹고 나와, 그 길로 3시에 개최하는 군축회의 총회를 방청하러 갔다. 회의가 파열되리라고 전체적인 공기는 긴장하여 있었다. 회의장이 어느 호텔 식당이라 매우 좁았으며, 방청객이 입추의 여지없이 꽉 찼다. 의장인 미국 대표가 취지를 말한 후 영국 대표의 연설이 이어졌다. 뒤를 이어 아일랜드 대표가 반대 연설을 하고, 일본 대표와 미국 대표가 연설하였다. 그후 서로 인사를 나눈 다음 회의는 파열되고 말았다.

12일에 지인 10여 명의 전송을 받으며 제네바를 떠나게 되었다. 기차는 산을 넘어 또 산을 넘고, 굴을 나와 또 굴로 들어간다. 겹겹이 포개진 산악 사이를 질주하는 동안 알프스 산봉우리를 점점 높이 올라간다. 대체 스위스 철도는 빙빙 돌든지, 언덕을 오르든지, 10분 20분씩 굴속으로 들어가든지, 경색이 말할 수 없이 좋다. 문인 묵객을 상대로 하는 만큼 산촌이고 수변 마을이고 이르는 곳마다 호텔이 무수하고, 등산 열차가 곳곳에 보인다. 기차신로의 좌우 언덕은 솔로 씻은 듯이 잔디가 고르고, 군데군데 목초지는 말뚝 박고 목재를 좌우로 아무렇게나 걸쳐서 지은 것이 향촌의 흥취를 풍긴다. 붉은 수건을 쓰고 조선치마같이 긴 치마를 입은 농가 부녀들이 나무 위에 올라 앉아 과일을 따는 모습도 눈에 띈다. 나뭇잎 사이로 보이는 좁은 길의 돌과 흙이 햇빛에 비쳐 부서지는 흰빛도 다른 곳에서 보지 못하던 진경이었다.

이제부터 브리엔츠Brienz 호수를 횡단하게 된다. 이 호수는 스위스 특유의 고산이 주위를 둘러싸고 그 그림자가 비치는 까닭에 아름다움이 극치에 이른다. 기차가 달리는 시간은 2시간 동안이다. 호수에 닿을 듯한 호숫가로 질주하는데, 연이어 기이한 산봉우리가 출현하고 괴상한 바위가 나타나 푸른 산 맑은 물이 그치지 않음을 못내 기뻐하였다. 때는 마침 석양이라 이어진 산봉우리는 백옥 같은 흰 눈의 보관으로, 혹은 자색, 혹은 청색, 혹은 적색으로 변화한다. 보는 동안에 연기 같은 구름에 싸여버리고, 갈 길을 서두르는 범선이 노질을 바삐 한다. 난간에 한 줄기 낚시를 던져놓고 앉아 있는 맑고 아름다운 산수의 풍광은 실로 선녀가 노니는 자리라 할 만하였다. 오후 7시에 인터라켄에 도착하였다.

인터라켄과 융프라우

저녁 먹고 그냥 자기가 아까워서 야경을 보러 나섰다. 계곡물을 앞에 두고 곳곳을 공원으로 꾸며놓은 일직선의 산속 시가지였다. 여기는 밤에도 상점이 문을 연다. 각양각색 조각을 진열해 놓아 길이 빽빽하게 왕래하는 손님들의 발길을 멈추게 한다. 다음날 아침에 구경을 나섰다. 정거장에는 어딘지 모르게 가는 차도 많고 오는 차도 많다. 감발을 하고 바랑을 짊어지고 지팡이를 짚은 많은 등산객로 대혼잡을 이루는데, 대부분은 학생이요, 부호 피서객들이다.

우리가 탄 차는 아래는 절벽이요 위는 까맣게 보이는 산속으로 한없이 급속히 질주한다. 공기가 매우 희박해지고 기후가 매우 추워졌다. 폭포 구경을 가니 물방울 소나기가 쏟아지고, 폭포는 무섭게 바위 구멍 사이에서 뿜어 나온다. 그 아래는 무시무시한 절벽이요, 깊고 푸른 못을 이루고 있다. 굴 속으로 난 큰 철

페르디난드 호들러, 〈인터라켄의 아침〉

문 속으로 들어섰다. 거기 엘리베이터가 있어 옆으로 산을 뚫고 올라간다. 아까 보던 폭포의 주위를 보기 위하여 빙빙 돌아 구경하게 한 것이다. 비단천을 드리운 듯한 비취 벽에 부딪치며 옥같이 흰 포말이 구르는 광경이며 빙빙 돌아서 다시 바위 구멍이 되어 기염 있게 토해 내는 기괴한 물줄기는 천하의 절경이 아닐 수 없었다.

알프스 산봉우리 중 두 번째로 높은 11,340척 융프라우Jungfrau를 향하였다. 개미도 능히 기어오르지 못할 고봉을 전차를 타고 가만히 앉아서 올라간다. 산을 넘어 아이거 산 터널에 들어간다. 길이가 70리나 되는 터널로 도중에 돌로 만든 두세 개의 역이 있어 매우 기이하다. 절벽 아래 뚫린 사이로 굽어보니, 아소름이 끼친다. 흰 뭉게구름이 천 길 골짜기에 묻혀 있고, 쳐다보니 융프라우의 맑고 깨끗한 눈 덮인 바위가 눈앞 지척에 다가와 있다. 첩첩산중에 사철 눈이 쌓여 있고, 이것이 빙하가 되고, 빙하가 녹아 물이 되고, 물이 흘러 폭포로 떨어지고, 폭포가 내려 내가 되고, 냇물이 흘러 곳곳에 호수가 형성되어 있는 것이 스위스의 생명이다. 이것을 보러 각국에서 모여들고,

이것을 팔아 스위스 국민이 살아간다.

스위스는 큰 나라 사이에 있이 정치적으로나 군사적으로 과히 할 일이 없어, 하늘의 은혜를 입은 자연경관을 이용해 수입의 대부분을 번다고 한다. 우리나라도 강원도 일대를 세계적 피서지로 만들 필요가 절실히 있다. 동양인은 물론이요, 동양에 거주하는, 즉 상해, 북경, 천진 등지에 있는 서양인을 끌 필요가 있다. 그들은 매년 거액을 들여 스위스로 피서를 간다. 강원도에는 삼방약수가 있고, 석왕사가 있고, 명사십리 해수욕장이 있고, 내외금강 경승지가 있으니, 이렇게 구비한 곳은 세계에 없을 것이다.

스위스는 어느 곳을 물론하고 경색 좋지 아니한 곳이 없다. 스위스 전체가 경승지이다. 그림의 대상이 될 만한 곳이 무진장이다. 누구든지 스위스 구경을 나서거든 숙소를 정하지 말고 바랑 하나 짊어지고 나서는 것이 좋을 듯하다. 이것이 스위스를 알기에 제일 상책이다.

베른

스위스 수도 베른에 도착하니 오후 7시경이다.

토머스쿡Thomas Cook 여행사[10]를 이용하지 않고 역으로 나와 맞아준 베른 호텔에 투숙하였다. 마침 비가 와서 창문으로 야경을 보다가 쉬었다. 실상 돈 주고 구경하기도 힘이 든다. 한 달간이나 돌아다니고 보니 구경만 쉬면 곳 피로를 깨닫게 된다. 다음날 아침에는 시내 교통지도를 들고 나섰다. 우선 미술관과 박물관을 찾았다. 호텔 문 앞에는 옥상에 십자가가 걸린 의회 건물이 있다.

베른 명소 중 하나인 국회의사당이다. 정문을 들어서면 이집트 인형 조각이 마주서 있고, 이것을 중심으로 좌우 층계가 되어 있다. 거기에는 프록코트 입은 신수 좋은 안내자가 있어 빙빙 돌아다니며 문을 열고 설명을 해준다. 실내에는 의회 당시에 쓰는 의자와 책상이 질서 있게 놓여 있고, 대통령 좌석은 부드러운 비단으로 꾸며 놓았다. 비밀회의에 쓰는 작은 방도 많

10 1841년에 문을 연 세계 최초의 여행사.

다. 중앙 회의실에는 고대 풍속화가 벽 전부에 그려져 있다.

스위스는 입헌공화국으로 상하 양원제이다. 상원은 44명이요, 하원은 보통선거에 의해 뽑는 198명의 의원이 있다. 대통령은 매년 선거하고, 국가의 중대사건은 국민투표로 결정한다.

언어는 고유한 국어가 없이 독일에 접한 곳은 독일어, 프랑스에 접한 곳은 프랑스어, 이탈리아에 접한 곳은 이탈리아어를 사용한다. 이 나라는 아름다운 자연을 가진 만큼 극히 평화스럽다. 그리하여 살인이라든지 강도사건이 거의 없다고 한다. 또 국가의 재정이 비교적 튼튼하다.

스위스의 미술은 미술사에 이름이 없을 만큼, 아직 세계적으로 자랑할 만한 명화가 없다. 진열한 작품 수가 위아래 층에 약 9백 점이나 되는 것은 하여간 작은 나라 국민으로서의 노력 덕분이다. 작품 연대는 16세기 말부터 현대에 이르기까지이나, 그 이상이 확실치 못하고 색채가 농후하지 못하였다. 가진 자연이 아름다운지라 풍경화가 많고 경승지가 많았다. 근대화 중에는 아직 성숙치 못하나마 마티스 그림의 영향을 받은 것이 많다. 대작도 4, 5개 있으며, 고대 직물도 있었다. 우리 것은 무엇이든지 부끄럽지 아니한 것이 없으니, 작은 나라의 정황을 비교하지 않을 수 없다. 거기서 나와 광물 진열관으로 들어섰다. 알프스에서 산출된 형형색색의 광석물이 많았다.

오후에는 마차를 타고 시가지 구경을 나섰다. 시가지 주위를 하천이 에워싸고 우뚝 솟은 언덕에 삼림이 우거져, 도시라는 느낌보다 교외 같은 기분이 들었다. 교통은 매우 번잡하였다. 왕래인 중에 다른 도시에서 보지 못하던 노부인들의 고대식 의복이 간간이 눈에 띄었다. 건물은 대개 퇴색해 있고, 도로 좌우측은 다른 도회지같이 가로수가 아니라 각 상점의 처마 끝이 길게 인도를 덮고 있다. 그리하여 아무리 태양이 쬐더라도 덥지 아니하다. 도로 중간에 간간이 소규모의 여신 동상이 있고, 동상 물그릇에 한 방울 한 방울 물이 떨어지는 것은 말할 수 없이 평화로운 조화를 일으킨다. 예수 가시 면류관 모양 사원의 정면 벽에 새겨진 반육조半肉彫 인물 조각은 동양적 색채를 보이고 있었다.

역사박물관에 갔다. 석기, 토기 시대의 생활방식은 동서양이 대동소이한 듯싶었다. 돌아오는 길에 사람들의 뒤를 따라 삼림 속으로 들어섰다. 광장이 있고, 다수의 남녀가 술과 과자를 먹고 있는 피서지였다. 앞에는 넓은 내가 흐르고, 높은 곳에서 물이 떨어지는 인공 폭포를 만들어 놓았다. 거기서 다시 걸어 무엇인가 또 신기한 것이 걸려들까 하고 둘레둘레 보는 중에 등산차를 만났다. 대관절 거기 탔다. 거기는 공원이 있을 뿐이었다. 조금 소요하다가 돌아왔다.

밤 11시에 파리에 도착하였다. 11시만 되면 택시가 불과 얼마 아니되어 곤란하다. 요금도 배가 된다. 본래 파리는 무엇을 배우러 온 것 같은 감이 들어 별로 구경할 맛이 없고, 속히 주소를 정하고 불편한 프랑스 어를 준비하려고 하였다. 우리는 다시 여행을 하였다.

서양 예술과 나체미
: 벨기에와 네덜란드

벨기에

8월 24일에 벨기에를 향하여 파리 북역을 떠났다. 프랑스에는 세관 조사가 없고 벨기에는 있다. 짐 조사할 때 담배와 초콜릿이 없냐고 묻는다.

벨기에 농촌은 프랑스 농촌과 대동소이하다. 퇴락한 건물이 많고, 도시 가까이 갈수록 세계대전의 영향으로 훼손된 흔적이 많고, 쇠잔한 기색이 보였다. 대륙적 기분도 없고, 목장도 없고, 산과 개천과 늪지가 다소 있을 뿐이다.

오후 5시 30분에 수도 브뤼셀에 도착하였다. 택시 요금이 원가에 배를 붙인다 한다. 놀랍게 비쌌다. 정거장은 크고 화려하며, 플랫폼이 시가지보다 높고 거대한 둥근 모양을 이루었다.

〈별장〉

다음날 아침에는 토머스쿡 자동차로 시가지 구경을 나섰다. 안내자는 적어도 5, 6개국 언어에 능통하여, 손님에 맞춰 각국어로 설명을 한다. 건물 구조설비가 프랑스와 달라 몹시 크고, 땅의 기복이 많고, 구릉과 못이 많다. 정연한 건물은 각종 공장이다. 공업국의 면모를 보인다. 건축 격식이 풍부한 것은 프랑스 이상이다. 자작나무의 녹색과 구운 벽돌을 같이 사용한 것이 아름다웠다.

왕립미술관에는 반다이크Van Dyck의 〈아담 이브〉, 브뤼헐Brueghel의 〈창 앞에 선 남자〉, 루벤스Rubens의 〈천사와 은자〉 그림이 있다.

비에르츠Wiertz 박물관에는 〈그리스도의 승리〉 〈아이의 잠〉 〈워털루의 사자〉 〈19세기 혁명〉 〈목욕하는 여자〉 〈비밀의 부르짖음〉 〈처녀의 가르침〉 〈그리스도의 졸음〉이 소장되어 있다.

명소 중 세계 제일 가는 건물로 재판소가 있다. 안내자에게 재판하는 것도 세계 제일이냐고 물으니 그것은 모르겠다고 한다.

상업 중심지인 안트베르펜에 이르렀다. 건물이 크고 매우 사치스러웠으며 번잡하였다. 시청 앞에 유명한 브라보 상이 있다. 여기서 철과 유리와 금강석을 세공 산출하여 전 세계에 파급한다.

이곳에서 출생하여 스페인 왕실의 궁정화가로 화단에 큰 영향을 끼친 세계적 화가 루벤스 탄생 3백 년제[11]라고 하여 시중이 떠들썩하다.

운하의 나라 네덜란드

도중에 유럽에서 제일 긴 다리인 무데크Moerdijk bridges를 건너 네덜란드 제일 대도시인 암스테르담에 도착하였다. 위엄 있고 씩씩한 남녀 어린이들이 열을 지어 합창을 하고 지나는 것이 매우 유쾌하였다.

네덜란드는 凸 느낌은 없고, 凹 감이 있다. 평탄한 들판을 질주할 때 물 냄새가 나고, 지면이 낮아진다. 강이라 하면 흐르는 물이 없고, 호수라 할진대 주위에 산이 보이지 않고, 바다도 아니나 사방에 산이 보인다. 풍차는 고색창연한 것, 신선한 것이 있어 아무리 보아도 염증이 아니 난다.

---

11 루벤스는 1577년에 때어났으므로 1927년은 탄생 350주년.

프랑스 풍 벨기에, 독일 풍 네덜란드라고 한다. 화폐도 양국들 사이에는 통용이 된다 한다. 두 강대국 사이에 있는 두 소국이야말로 행이라 할까 불행이라 할까. 호텔은 아침밥을 끼워 1일분으로 치는 것은 다른 유럽 풍속과 다르다.

다른 곳은 먼저 육지가 있고 그 중에 강도 있고 호수도 있으나, 이곳은 먼저 물이 있고 다음에 육지가 있으며, 거기 사람이 사는 것 같은 감이 생긴다. 대부분은 물 가운데 배에서 산다.

물이 언덕 위에 닿을 듯 닿을 듯한 운하가 이리 돌아가도 거리를 흐르고 저리 둘러 가도 시가로 흘러, 이 운하에서 저 운하로 지나가는 배를 위하여 인도교마다 높고 둥근 모양이 되니 굴곡이 매우 심하다. 시가지에 바늘 꽂아놓은 듯한 돛대로 인해 이편에서 저편 길 사람이 잘 보이지 않는다. 그 운하 위에는 큰 배도 많이 있거니와 조선의 개량 신발 같은 작은 배가 무수한 사람을 실어 옮기고 있다.

운하 언덕 위에는 퇴색한 고대 건물이 가지가지 모양으로 서 있어 마치 건축 전시장 같았고, 그것이 좁은 운하 위에 꺾이어 비치는 것 또한 장관이었다.

국립미술관은 규모가 비교적 컸으며, 작품 중에

는 루벤스, 반다이크 작품이 많았다. 프랑스 인상파 화가들의 작품도 적지 않았다. 더욱 주목할 것은 수채화 중에 유명한 것이 많았다. 비교적 소품이 많았고, 펜화, 에칭, 파스텔화가 적지 않았다.

다음날 아침에는 유람선 손님이 되어 네덜란드 고대 풍속이 아직 그대로 있다는 곳 마르켄Marken 섬을 향해 떠났다.

배가 좁은 운하를 지나 바다 쪽으로 향할 때 걸어 잠갔던 다리를 열고 지나는 광경도 좋거니와 물빛이 흑색이요, 운하 좌우 언덕은 온통 녹색 잔디가 깔리고 붉은색 기와를 인 농가가 곳곳에 자리하였으며, 목축지에는 검은 소가 목을 길게 늘이고 풀을 뜯고 있었다. 줄을 늘어놓은 것 같은 물길이 얼마나 아름다웠으랴. 정말로 남종화南宗畵의 일대 극치를 겸한 한 폭의 그림이었다. 수면보다 높은 것은 보통 상상 못할 사실이었다. 선상에서 들판을 볼 때는 들판이 훨씬 낮아 보이고, 물이 넘칠 듯 넘칠 듯한 위기감을 느끼게 된다.

암스테르담 명물로 유명한 치즈를 여기서 만든다. 그 공장을 구경하였다. 도중에 내려 1420년 건물

렘브란트, 〈암스테르담 풍경〉

로 남아 있는 교회당을 구경하였다. 배가 마르켄 섬에 도착하니, 우리가 그림 속에서 흔히 보던 신문, 즉 흰 고깔을 쓰고, 허리를 잘록 매고, 넓은 치마를 입고, 나막신 신은 소녀들과 단추를 많이 단 짧은 붉은 저고리를 입고 통이 넓은 검은색 바지에 두 손을 찌르고 덜걱덜걱 나막신 소리를 내는 소년 무리가 마중 나와 사진을 박으라고 성화다. 사진을 찍은 다음에는 손을 내밀어 돈을 청구하여 돌아서서 비교하며 삐쭉삐쭉하거나 좋아라 하거나 야단이다. 풍속을 보이는 것이 몹시 상업적이었다. 영국인, 미국인들이 다니며 버릇 가르치는 것이 이것이었다. 그들의 생활제도는 극히 원시적이었고, 매우 누추하였다. 방의 창문은 고대의 나무 창문 그대로이고, 골방에 넓은 침상이 놓여 있는 곳이 침실이었다.

석양에 돌아올 때 흰 갈매기 떼는 육지 가까운 것을 알리고, 언덕 위에서 각국 국가 소리가 들리는 것이 상쾌하였다.

헤이그에서 감회에 젖다

헤이그는 네덜란드의 수도[12]이거니와 조선 사람으로 잊지 못할 기억을 가진 만국평화회의가 열린 곳이다. 1918년 헤이그에서 개최된 만국평화회의에 출석하였던 이준 씨가 회의석상에서 분사憤死[13]한 곳이다. 이상한 고동이 생기며 그의 외로운 영혼이 우리를 만나 눈물을 머금는 것 같은 감이 생겼다. 그의 산소를 물어도 아는 이가 없어 찾지 못하고, 다만 경성에 계신 그의 부인과 따님에게 그림엽서를 기념으로 보냈을 뿐이다.

다음날은 불행히 일요일이라 다 문을 닫아서, 다만 입구(口) 자 모습의 유명한 평화회의당 마당에서 거닐고 국제재판소 간판만 쳐다보고 왔다.

17세기 네덜란드의 천재 화가 프란스 할스Frans Hals와 렘브란트Rembrandt의 걸작을 아니 찾을 수 없었

---

12 네덜란드의 정식 수도는 암스테르담이지만, 헤이그는 정부기관 소재지로서 정치의 중심지이자 실질적인 수도 역할을 하고 있다.

13 이준 열사는 1907년 헤이그 만국평화회의에 고종의 특사로 파견되어 을사조약의 부당함을 알리려 하였으나 뜻을 이루지 못하고 순국함.

다. 17세기 각국의 천재 화가들은 이탈리아에 운집하였으나, 렘브란트만은 철저히 지기 독특한 재질로 세계적 초상화가가 되었다. 그의 작품은 유럽 각국 미술관에 없는 곳이 없으나, 헤이그 미술관에는 그의 걸작 중 하나인 〈해부 학교〉가 있다. 의사가 가위를 들고 막 해부를 하려고 할 때 주위에 서 있는 사람들이 공포심과 우려심을 보이는 순간을 그린 대작이다.

밤에는 댄스홀에 구경 갔다. 남녀가 모두 가장假裝하고 댄스를 하는 구경은 장관이었다. 다음날에는 해수욕장으로 갔다. 모래 위에 설비해 놓은 해수욕 바라크와 물 가운데 있는 음악당 어디를 보든지 단아한 맛이 있다.

오후에 헤이그를 떠나 파리로 향하였다. 산도 언덕도 없는 목축지 많은 네덜란드 농촌 곳곳에 돌 때는 원형이요 쉴 때는 십자형인 풍차가 보이고, 끝없는 물길이 언덕 경계선을 지어 이리로 저리로 얽매여 있다. 얼마나 평화스러운 나라인가.

아아, 자유의 파리가 그리워

화려한 파리, 음침한 파리

파리라면 누구든지 화려한 곳을 연상하게 된다. 그러나 파리에 처음 도착할 때는 누구든지 예상 밖인 것에 놀라지 않을 수 없을 것이다. 우선 날씨가 어둠침침하고 여자의 의복에 흑색을 많이 사용한 것을 볼 때, 첫 인상은 화려와는 거리가 멀었다. 오히려 음침한 파리라고 해야 한다. 실은 오래오래 두고 보아야 파리의 화려한 것을 조금치 알아낼 수 있다.

파리는 에투알(개선문. 별이란 의미)을 중심으로 별과 같이 길이 뻗쳐 있다. 그리고 건물이 삼각형으로 되어 자못 아름답다. 길모퉁이 집 벽에는 반드시 마을 지명이 쓰여 있는데, 한 발자국만 잘못 디디면 방향이

전혀 달라진다. 어디를 가든지 도로 양쪽에는 가로수가 있고, 중앙 차로에는 목침만한 나무가 모양 있게 깔려 있다. 도로 양쪽에 자리한 인도에는 수도가 설치되어 아침마다 물을 뽑아 길을 씻어 내리므로 길이 유리같이 되어 있다. 광장 중앙에는 반드시 역사적 인물의 동상이나 신상神像 분수대가 중심점을 이루고 있다.

파리 시내는 전차, 버스, 택시가 시가를 무시로 통행한다. 전차에는 아라비아 숫자가 쓰여 있어 번호만 찾아 타면 편리하고, 택시(승합자동차)에는 미터기가 달려 있어 말이 통하지 않더라도 미터기에 나온 숫자대로 돈을 주게 된다. 시외에는 기차만한 전차가 다녀 일요일 같은 때는 만원이 되거니와, 파리에 유명한 것은 메트로(지하철)다. 땅 밑으로 4층까지 차가 놓여 있을 뿐 아니라, 한 노선은 센 강 밑으로 다닌다는 말을 들으면 누구든지 곧이듣지 않을 것이다. 지하철 정류장마다 타일 조각을 붙인 내부는 깨끗도 하거니와, 땅 속 길을 찾을 수 없을 만큼 복잡하다. 1센트(9전)만 내면 파리 시내 어느 곳을 물론하고 쏜살같이 태워다 준다. 지하철은 메트로폴리스 회사가 경영하는 노선과 놀슈드 회사에서 경영하는 노선의 두 노선이 있는데, 메트로 선 차량은 갈색, 놀슈드 선 차량은 녹색

〈파리 풍경〉

으로 분간할 수 있다.

불로뉴Boulogne 숲을 비롯하여 뤽상부르 공원, 루브르 정원 등 시가지 중앙에 조성된 공원 언덕에서 보면 파리 시가는 숲 속에 싸여 있다. 공원 안에는 놀기 좋은 못이 있고, 분수가 있고, 경마장이 있고, 각색 놀이기구가 있어, 오후가 되면 남녀가 산책을 즐기고, 여자들은 어린이들을 데리고 와서 놀다가 돌아가는 것이 상례가 되어 있다.

뤽상부르 공원 내에는 역대 유명한 황후와 여시인女詩人들의 조각이 나열해 있으며, 남녀 나체 조각으로 유명한 것이 많고, 그 조각 형상 여부에 따라 꽃밭을 만들어 놓아 마치 미술관을 배회하는 느낌이 든다.

환락의 도시

파리 시내에 있는 무수한 극장, 활동사진관은 화려하고 노골적이요, 배경, 색채, 인물, 의상 모두 예술적으로 세계에 자랑하는 바이다. 저명한 극장은 오페라, 오페라 코믹(희극장), 콤메 드 프랑세즈(舊劇), 오데

옹(국립극장), 카지노 드 파리, 물랭루주요, 활동사진관으로는 고몽파르나스가 제일 크다. 하루는 물랭루주에 구경 갔다. 나체의 여자 하나가 은색과 청록색 의상을 입고 뛰어나와 경쾌하게 춤을 추고, 날개옷을 두르고 붉은 새털을 머리에 꽂고 금색 구슬을 번쩍이는 여신 군상들이 좌우 2인씩 엉덩이를 흔들며 노래 부르면서 나온다. 7색, 5색의 금빛, 은빛 의상이 황홀한데, 웃옷은 얼굴을 파묻고 바지는 땅을 덮는다. 길게 늘인 털 부채 장난감 같은 조그마한 우산을 휘두르며 좌우에 갈라서 있는 군상은 이내 방울 달린 작은 북을 흔들며 춤을 춘다. 동시에 중앙의 여신은 타조털을 휘두르며 근육적이요 진기한 예술적인 춤을 춘다. 나는 이 그리스 식 육체미에 취하지 않을 수 없었으며, 또 이 시대 동판화의 영향을 많이 받은 원근법과 색채, 초점을 취한 구도법에 눈이 가지 않을 수 없었다.

활동사진관 고몽파르나스를 찾아 갔다. 바닥은 전부 자줏빛 우단이 깔려 있고, 천정은 금빛 조각이 찬란하였다. 오르간(풍금)이 땅속에서 솟아오르고, 좌우 벽에 달린 파이프 오르간에서는 갖은 곡조가 새어나와 관객의 몸을 싸고 돈다.

<무희>

오락기관이 많기로 유명한 곳은 몽마르트르(자유 도시라는 의미)이다. 이곳을 가보면 환락의 파리 분위기를 충분히 맛볼 수 있다. 루이 왕조로부터 교양을 받은 예술적 기운이 보편화됨으로써 조금도 비열함이 없고, 미술적 감흥이 있어 유쾌하다. 경쾌한 미인들이 끊임없이 왕래하는 이곳을 보고야 파리는 화려한 곳이라고 아니할 수 없다.

댄싱홀은 무수할 뿐 아니라, 웬만한 레스토랑에서는 저녁밥을 먹고 으레 한 번씩 춤을 추고 가게 된다. 여자들의 걸음걸이까지 댄싱하는 것 같다는 말도 있거니와, 물론 누구라도 댄싱하지 못하는 사람이 없다. 차 한 잔만 사들고 앉으면 남들 추는 춤은 싫도록 볼 수 있고, 자기도 마음대로 출 수가 있다. 유쾌하고도 체력이 좋아지는 것 아닌가 싶다.

시내에는 한 집 건너 카페가 있으니, 피곤한 몸을 쉴 때나 머리를 식힐 때 이 카페에 들어가 차 한 잔을 따라놓고 반나절이라도 소일할 수 있다. 밀회 장소로도 이용하고, 책을 읽거나 편지를 쓰거나 혹은 친구와 이야기를 나누는 사교기관처럼 되어 있다. 일반 유럽인의 성격은 동적이어서 한시라도 가만히 있지 못하고, 또 사교적이라 곁에 사람 없이는 못 견뎌 한다. 파리 시내에서 제일 큰 찻집은 라쿠브르 카페와 카페 돔이다. 야밤에 가보면 인송 선담회와 같이 모여들이 장관이며, 카페 돔은 화가들이 많은 몽파르나스에 있어 늘 만원이다.

백화점은 곳곳에 무수하나, 가장 저명한 것은 마가잔 루브르, 갈르리 라파예트, 프랭탕, 봉 마르쉐이다. 각각 특색을 지니고 있다.

파리 사람들은 경쾌하고 기민한 코즈모폴리턴이다. 여름철에는 피서 가는 사람도 있지만, 더러 덧문을 닫고 향수 뿌리고 소설이나 보고 낮잠 자는 자도 있다. 프랑스에서 수목은 가지가 꼿꼿하여 굴곡이 없으니, 조선과 같이 황량한 바람이 없는 까닭이다. 위도가 한대 가까이 있는 까닭인지 나뭇잎이 선연하고 온화하여 해충이 없다.

일찍부터 프랑스는 중앙집권의 나라이다. 나라의 번화한 문명이 파리에 집중되어 국내 다른 곳에는 변변한 도시가 없다. 파리에서 한 발만 나가면 빈약하고 살풍경하니 건전한 문명, 건전한 국가라고 말할 수 없다. 오직 물가가 싸고, 인심이 평등자유하며, 시설이 화려한 까닭에 외국인이 모여드는 향락장이 되어 있

〈아아, 자유의 파리가 그리워〉에서 《삼천리》 1932. 1

구미 만유 1년 8개월 동안의 나의 생활은 이러하였다. 머리를 짧게 자르고, 서양 옷을 입고, 빵이나 차를 먹고, 침대에서 자고, 스케치 박스를 들고 연구소를 다니고(아카데미), 책상에서 프랑스어 단어를 외우고, 때로는 사랑의 꿈도 꾸어보고, 장차 그림 대가가 될 공상도 해보았다. 흥 나면 춤도 추어보고, 시간 있으면 연극장에도 갔다. 이왕 전하와 각국 대신의 연회석상에도 참가해 보고, 혁명가도 찾아보고, 여성 참정권론자도 만나보았다. 프랑스 가정의 가족도 되어보았다. 그 기분은 여성이요, 학생이요, 처녀로서였다. 실상 조선 여성으로서는 누리지 못할 경제적으로나 정서적으로 장애되는 일이 하나도 없었다.

다. 나체미裸體美는 오직 조각뿐 아니라 우표, 지폐, 동전에까지도 넘친다.

프랑스 국기가 자유(백색), 평등(청색), 박애(적색)인 것처럼 파리의 공기는 이 세 가지가 충만해 있다.

박물관의 도시

파리에는 헤아릴 수 없이 많은 미술관과 박물관이 있다. 고대 유물 전시관은 클뤼니 박물관, 근대 유물 전시관은 루브르 박물관, 고대 미술관은 뤽상부르 미술관, 조각은 로댕 미술관이 유명하다.

루브르 박물관은 루브르 궁전이니, 센 강변에 있어 콩코르드와 개선문을 앞에 둔 세계에서 제일 화려한 곳이다. 이 궁전은 1204년에 필리프 오귀스트 왕이 건설하고, 그후 샤를 5세가 증축하였다가, 다시 프랑수아 1세가 르네상스식 궁전으로 개축한 것이다. 미술 소장품이 유명하다.

일요일에 밀리는 군중 사이에 끼여 루브르 박물관을 찾았다. 거울과 같이 비치는 대리석 바닥 위를 걸어가노라니 좌우에 조각을 나열해 놓았다. 그중 저명한 것은 〈밀로의 비너스〉 〈옥타비아누스 흉상〉 〈칼리굴라 황제 흉상〉이 있다. 계단 위 정면에서 첫 인사를 받는 동체胴體 모습의 그리스 여신은 미적 자태의 절정을 보여준다. 회화 제1실부터 차례로 보려면 그리스, 이탈리아, 네덜란드, 스페인, 프랑스 전시실이 제각기 있다. 그 수가 천여 점에 달하나, 그중 유명한 조토Giotto의 〈마돈나〉, 다빈치Leonardo da Vinci의 〈모나리자〉, 라파엘로Raffaello의 〈성모〉 〈성가정〉, 코로Corot의 〈봄〉, 티치아노Tiziano의 〈주피터〉 〈성 요한의 세례〉, 루이니Luini의 〈살로메〉, 반다이크의 〈찰스 1세〉 등은 관객들의 머리를 숙이게 한다. 루벤스 실을 거쳐 2층 별실로 갔다. 여기는 19세기 인상파의 대표 작품이 두 전시실에 진열되어 있다. 세잔Cézanne의 걸작 중 하나인 〈사과〉와 〈카드 놀이하는 사람〉, 모네Monet의 〈인상〉, 시슬레Sisley, 마네Manet의 작품도 만나볼 수 있다.

지하실로 내려가면 조각이 수천 점 나열해 있다. 물론 그리스, 이탈리아에서 가져온 것이 많았다.

따뜻한 봄날 아지랑이가 피어오를 때, 루브르 궁전 정원 주위의 화단을 돌아 여신상 분수에 발을 멈추고, 역대 인물 조각을 쳐다보며 좌우 우거진 삼림 사이를 거닐면, 이야말로 인간세계가 아닌 별천지다.

내가 머물고 있던 호텔 근처에 담 한쪽만 남고 기와지붕 한 귀퉁이만 남은 천 년 전 건물 궁전이 있다. 클뤼니Cluny 박물관이다. 이곳에는 주로 13세기 유물을 진열해 놓았는데, 프랑스 물품이 많다. 유명한 것은 '여자 허리띠'이니, 이것은 여자 음문陰門에 자물쇠를 끼우는 정조대이다. 전시에 남자가 출전한 후 여자의 품행이 부정하므로, 전쟁에 나갈 때 열쇠를 잠그고 간다.

정원에는 당시 꾸며놓은 조각이 혹은 퇴색하고 혹은 팔 떨어지고 다리 부러지고 코가 일그러진 것이 즐비했으며, 당시 궁전 목욕탕이었던 장소에 푸른 이끼가 끼어 자못 옛날을 추억하게 된다.

뤽상부르 미술관은 뤽상부르 공원 안에 있다. 출입문 앞에 좌우로 조각이 있고, 진열관 내부 복도에는 통행로만 남겨놓은 채 백색, 흑색, 황색 대리석, 석고, 화강암의 여신, 남자, 어린이 조각이 진열해 있다. 어느 것을 먼저 보아야 좋을지 눈이 황홀해진다. 10실로 나누어 전시된 회화를 보기 시작한다. 19세기와 20세기 명작을 진열해 놓았다. 인상파의 세 거두인 세잔,

〈정원〉. 1931년 조선미술전람회 특선작으로
파리 체재중 클뤼니 박물관의 정원을 그린 것임.

-

"〈정원〉은 파리 클뤼니 뮤지엄 정원입니다. 2천 년 된 폐허인 클뤼니 궁전 속에 있는 정원으로, 이 건물은 당대에도 유명한 건물일 뿐 아니라, 지금은 박물관이 되어 있습니다. 앞 돌문은 정원 들어가는 문이요, 사이에 보이는 집들은 시가입니다."(나혜석 인터뷰, 《동아일보》 1931. 6. 3)

고흐Gogh, 고갱Gauguin의 그림이 많고, 모네, 마네, 피사로Pissaro, 시슬레, 르누아르Renoir 등의 명작이며 블리맹크Vlaminck 등 20세기 화가의 특색 있는 작품이 보인다. 살롱 미술전람회에서 추천을 받거나 특선 혹은 수상을 하면 곧 국보가 되어 뤽상부르에 들어가고, 여기서 10년이 되면 루브르로 옮겨가게 된다.

파리 화가의 하루

현재 프랑스 미술계는 야수파 일군의 세력이 크다. 즉 피카소Picasso, 브라크Braque, 마티스Matisse, 드랭Derain 등의 그림이 세력을 점령하고 있다. 그 외 누구든지 독특한 필법만 창작하는 동시에는 대가의 대열에 참가할 수 있다. 그 명성이 전 세계에 미칠 수 있다. 이로 미루어보면 그림은 역시 창작이라고 할 수 있다.

처음 파리에 와서 미술관이나 갤러리에 가 그림을 보고 나면, 너무 엄청나고 자기라는 존재는 너무 보잘 것 없어서 일시적으로는 낙망하게 된다. 마치 명태 알 한 뭉텅이가 있다면 대가의 그림은 그 뭉텅이만

하고, 자기는 그 가운데 한 알만한 것을 느끼게 된다. 그리하여 미술계의 사정과 흐름을 깨달아 연구에 매진하려면 여간 방황하고 고심하지 않으면 안된다.

파리 시내에 있는 화가가 5만 명이라고 한다. 대개 외국에서 온 유학생이 많으나 그림을 팔아서 공부하는 사람도 있다. 명화에 수만금을 던지는 사람도 있는 만큼, 걸작을 그려내면 수만금이 생겨 일시에 호화롭게 지낼 수 있는 동시에, 대부분은 힘들고 고생스럽기가 말할 수 없다. 심지어 쥐를 잡아서 구워 먹을 만큼 참담하게 된다.

그들은 머리를 쓰는 만큼 신경질이 보통이 아니며, 무엇 하나라도 이상하고 특이한 것을 하기 좋아하고, 보기 좋아하고, 듣기 좋아한다. 화가의 아침잠은 유명하니 아침이면 늦도록 잔다. 일어나서 빵과 차로 간단히 아침을 때운 후(혹 없을 때는 먹지 않을 때가 많다), 앞치마를 두르고, 담배를 피워 물고, 이젤 앞에 앉아 고개를 기울이며 전날 그린 그림을 보고 있노라면 모델이 들어온다. 모델이 나체 혹은 옷을 입은 채 자세를 취하면 화가는 그림을 그리기 시작한다. 때로는 칼을 들어 그림을 찢어버리는 수도 있고, 때로는

〈화가촌〉. 파리 풍경을 그린 작품으로 1930년 조선미술전람회 입선.

유쾌하게 노래를 부르기도 한다.

정오까지 그리고 모델을 보낸다. 점심을 간단히 해결하고 오후에는 머리를 쉬기 위하여 친구의 아틀리에를 방문한다든지, 갤러리나 전시회를 찾아 고민하는 점에 대한 해결책을 모색하든지 한다.

파리의 시가 설비, 공원 시설 모든 것이 미술적인 것은 물론이요 연극, 활동사진 어느 하나 미술품 아닌 것이 없다. 더욱이 화가의 새 기분을 돕는 것은 댄스홀이다. 몽파르나스는 화가 동네인 만큼 값싸고 검소한 댄스홀이 많다. 악단이 제 흥껏 어깨춤을 추어가며 악기를 불고 두드리면, 거기 맞춰 남녀가 서로 끼고 으쓱으쓱 춤을 춘다. 화가들은 이와 같이 마시고, 흥껏 웃고, 춤추며 하룻밤을 지내고, 다음날은 후련한 새 기분으로 그림을 시작하게 된다. 연극, 오페라, 활동사진을 가보면 어느 하나라도 그림의 소재 아닌 것이 없다. 화가가 있어야만 할 파리요, 파리는 화가를 불러온다.

사원인가 미술관인가

생드니St. Denis 사원 앞에는 넓은 광장이 자리하고 있다. 광장에서 보면 고색창연한 사원 전체가 한눈에 들어온다. 역사적으로 살펴보면 로마네스크 풍의 사원 건축이 고전주의 양식으로 변천하는 제1단계 건축물로 미술사상 진귀한 것이다. 전면에 보이는 탑은 고딕 양식의 특징을 채용하고 있다. 사원 내부에는 거대한 기둥과 작은 창이 있어, 희미한 광선으로 겨우 앞을 분간할 수 있다.

팡테옹 왼쪽 배후에는 생테티엔 성당St. Etienne이 자리하고 있다. 1517년부터 41년까지 지어 완성한 고딕 양식의 삼각형 건물이다. 입구 장식은 르네상스식이요, 내부는 창이나 천정이나 궁륭의 모양이 고전주의 양식이다. 이와 같이 생각과 형태가 모순된 두 양식이 동일 건축에 채용된 것이다.

생쉴피스 성당St. Sulpice은 17세기에 레브라는 사람이 설계한 것인데, 그후 18세기에 피렌체 건축가가 다시 설계하였다 한다. 전면은 상하 두 부분으로 나누어져 있고, 내부 오른쪽 부속 예배실에는 들라크루아Delacroix의 벽화가 있다.

마들렌Madeleine 사원은 나폴레옹 1세가 승리를 기념해 건설한 것이다. 그리스 식 건물로 내부가 컴컴하나, 거기에 있는 오르간은 파리에서 제일 가는 것이라 한다. 유명한 조각, 회화를 치장해 놓았으며, 사원 외부 주위에는 유명한 사람의 초상조각이 놓여 있다.

노트르담 성당은 19세기 초 건물로 로마네스크, 고딕 양식 등이 섞인 건물이다. 미술사에서 유명할 뿐 아니라, 빅토르 위고가 그 옥상에서 〈레미제라블〉을 썼다는 곳이다. 이 건물을 중심으로 센 강이 흘러 섬이 되어 있고, 원래는 파리라는 곳이 이곳뿐이었다고 한다. 이 사원에는 부호 귀족 교인들이 많다. 대대로 사제들이 사용하던 보물, 그리고 나폴레옹과 그의 비妃 조세핀의 가장집물을 수장하고 있다.

파리의 이모저모

샹젤리제에서 일직선으로 가면 에투알, 즉 개선문이 있으니 프랑스어로 별星이란 의미다. 나폴레옹 1세가 1805년 전승 기념으로 세운 것이다. 이 에투알을 중심으로 파리 시내는 12개의 도로가 방사선 모양으로 퍼져나가는데, 올라가 보면 참 아름답다. 앞뒤에 전시 상황이 조각되어 있고, 아래에는 세계대선 때 전사한 무명용사를 위한 향로가 놓여 있다.

콩코르드Concorde는 세계에서 제일 화려한 광장이니 우리가 흔히 듣던 불야성不夜城을 연상시킨다. 이곳에 루이16세의 단두대가 놓였었고, 나폴레옹이 이집트에서 가져온 비석[14]이 하늘을 찌를 듯이 서 있다. 검은 동銅으로 제작한 여신들이 받치고 있는 분수 정면에는 마들렌 사원이 지척이다. 오른편으론 루브르 궁전이 보이고, 왼편 개선문이 보이는 샹젤리제 거리는 자동차가 쉼 없이 왕래하여 직물과 같이 복잡하고 조밀한 것이 미적 극치에 달하였다. 어느 것 하나라도 루이 왕조의 영향을 받지 않은 것이 없다.

금빛 여신이 하늘에 걸려 있어 행인의 존경을 받는 알렉상드르3세 다리를 건너가면, 1900년 만국박람회 때 건설한 그랑 팔레와 프티 팔레 두 큰 건물을 보게 된다. 이 두 건물에서는 무시로 각종 전람회가 개최된다. 특히 그랑 팔레에서 봄가을에 개최되는 미술전람회에는 수만 명의 화가와 관람객의 발길이 이어진다.

---

14 오벨리스크

팡테옹은 뤽상부르 공원 앞에 있는 신그리스 식 건물이다. 국가에 공훈이 많은 위인이나 세계적 문호, 정객 들의 시체를 묻은 공동묘지이다. 여기 들어가는 사람은 대개 국장國葬을 치르고, 당시의 대통령이 시체를 옮겨놓는다고 한다. 묻혀 있는 중요한 인물은 사회철학가 장 자크 루소, 작가 빅토르 위고, 정치가 카르노, 정치가 겸 웅변가 장 조레스, 문학가 볼테르, 에밀 졸라다.

에벨탑은 전부 철로 만든 탑으로, 에펠이란 사람이 설계하였다 하여 그 이름을 취하였다.

1889년 만국박람회 때 세운 것으로 높이가 3백 미터인 세계 제일 가는 탑이다. 엘리베이터를 타고 올라가 보면, 파리 전경이 회색으로 보이고, 센 강이 가는 띠와 같고, 파리 808가가 다 보인다. 탑 아래는 공원인데, 파리 어느 곳에서든지 이 탑이 보이지 않는 곳이 없다.

현재 프랑스 최고 지성을 대표하는 기관은 아카데미 프랑세즈다. 본래 사교계에 유명하던 마담 데 레가미에가 중심이 되어 당시(17세기 중반) 각 파의 싸움을 융화시키고 40인 회원제로 조직했다고 한다. 이 아카데미에서 프랑스 사전을 만들어내고, 프랑스 말을 검정한다.

"내 사후에 파리 중앙에 묻히기 소원이니, 이는 내가 사랑하는 프랑스와 프랑스인을 떠나지 않으려 함이다."

앵발리드Invalides 나폴레옹 묘소에 쓰여 있는 나폴레옹의 유서다. 앵발리드는 성치 못하다는 의미로, 전쟁시 부상한 사람을 위하여 루이 14세 때 건축한 건물이다. 옥상은 돔이요, 나폴레옹의 묘는 건물 중앙 지하실에 거대한 적흑색 대리석(이탈리아 피사에서 가져온 것) 뚜껑으로 덮여 있다. 내부에는 종교화, 영웅화가 장식되어 있으며, 묘의 전후좌우에는 시녀, 선녀 들의 조각이 옹위하고 있다. 한편 2층 진열관에는 역대의 군사 무기와 전시에 사용하던 무수히 찢어진 국기가 많았다. 우리가 숭배하는 잔 다르크의 말 위에 올라 탄 동상도 그곳에 있다.

11월 초하루 제일祭日[15]에는 페르 라셰즈 공동묘지를 구경 갔다. 대통령 펠릭스 포르[16]를 비롯하여 많은 사람들이 묻혀 있다. 정면에는 객사한 주검들의 조각

15 제성도일諸聖徒日. 기독교 신자 가운데 죽은 자들을 기념하는 날.

16 Félix Faure. 프랑스 제3공화국의 대통령(재임기간 1895~99년).

이 있고, 화장火葬하는 사람은 벽에다 재를 집어넣고 이름을 써놓았다. 수만 군중이 오고 또 가고, 그 이름에는 눈물의 흔적이 보인다.

붉은 대리석 기둥, 코린트 양식의 회랑, 삼림, 분수, 화원, 석상石像, 왕조 유물… 실로 루이 14세 시대는 예술의 융성시대였을 뿐 아니라, 그 예술적 혼은 프랑스인의 뼈끝까지 박혀 있다.

2억 기천만 원으로 건설된 화려한 베르사유 궁전은 지금은 공개물이 되고 말았다. 내부 장식에는 독일, 네덜란드, 스페인에 대한 승리의 의미가 포함되어 있으며, 루이 14세는 지극히 높은 민족의 지도자, 예술 과학의 보호자로 추앙되었다. 그중에 거울 방은 유명하다.

1783년 미합중국의 독립 조인, 18세기 프랑스 혁명시의 공화 조약, 1871년 보불전쟁이 끝난 후 프로이센 왕 빌헬름 1세의 통일 독일 황제 즉위식, 세계대전 이후 1919년의 강화조약 조인도 베르사유 궁전에서 거행되었다.

다정하고 실질적인 프랑스 부인

내가 프랑스 파리에 있을 때 마침 고우古友[17] 선생이 와 계셔서 유력한 사람의 소개로 통역 한 사람을 데리고, 나와 3인이 시외기차를 타고 약소국민회 부회장 샬레Challaye[18] 씨 댁을 찾아갔다. 그곳은 경성서 영등포 갈 만한 거리의 별장 많은 곳이고, 그의 장인이 돌아갈 때에 준 별장이다.

대문에서 줄을 잡아당기니 미리 약속한 터이라 샬레 씨가 친히 나와 문을 연다. 대문을 들어서니 좌우로 수목이 울창하고, 잔디 위에는 갖은 꽃이 다 피어 있다. 단아한 양옥 문을 열고 들어서니 수수하고 점잖은 부인이 마중을 나와, 책이 산같이 쌓이고 갖은

17 3·1독립선언 민족대표 33인의 한 명인 최린의 별호. 최린은 구미 순방중 1927년 파리에 들렀으며, 이때 나혜석과 만나 나중에 세상을 떠들썩하게 한 연애사건의 주인공이 됨.

18 펠리시엥 샬레Félicien Challaye. 조선의 식민지화에 반대하는 프랑스 지식인들과 함께 1921년 '한국 친우회'를 결성한 반식민 평화주의자. 3·1운동이 한창이던 1919년 3월에 조선을 방문하였음. 최린은 1927년 벨기에 브뤼셀에서 열린 피압박민족대회에 참가하기 위해 파리에 들렀을 때 샬레와 만남.

골동품과 각국 국기를 모아놓은 서재로 인도한다. 둘(고우와 샬레)이 정담政談을 나눈 후 샬레 씨는 일본에 두 번 갔다 온 이야기(벚꽃과 일본 여자의 자태가 좋더란 말)며 조선에 한 번 갔다 온 감상을 이야기하였다. 칼같이 무서운 물건을 춤으로 예술화한 칼춤을 보고 그만큼 조선 민족이 선량하고 평화스러운 민족이라는 것을 알았다는 말을 재미있게 들었다. 그는 조선에 호감과 동정을 갖고 있었으며, 1919년 사변을 잘 알고 있었다.

부인은 프랑스 여성참정권운동회 회원으로 가정에 충실한 현모양처요, 견실한 사회활동가이다. 이날 방문한 후 한 번 다시 갔을 때 프랑스 가정에 가 있기를 원하였더니, 두말 아니하고 자기 집에 와 있으라고 하였다. 나는 기뻐서 곧 이사를 하였다. 남편이 독일 베를린에 가 있을 때이다. 이래 3개월 동안 샬레 씨 가족과 기거, 식사를 같이하게 되었다.

이 집 가족은 50여 세의 샬레 씨, 40여 세의 부인, 18세, 16세 된 딸, 7세 아들, 나, 여섯 식구였다. 집은 목재로 실용적으로 지었다. 아래층에는 서재 겸 응접실과 식당이 있다. 샬레 씨가 여행중 수집한 물건을

〈프랑스 마을〉

〈프랑스 교외〉

주렁주렁 매달아 놓았다. 2층에 올라가면 내 방이 있고, 딸의 방과 부부의 빙, 그리고 목욕실과 화장실이 있다. 3층에는 재봉실과 아들 방이 있다. 아들 방은 벽, 의자, 책상, 책장 모두를 진홍색으로 꾸며 색채 교육에 신경을 썼다.

아침이면 딸들이 먼저 일어나 빵과 차를 갖다 주면 침대 자리에서 겨우 때운다. 세수를 하고 샬레 씨는 학교로, 부인은 자기 사무실로, 딸들은 중학교로, 나는 연구소로 나간다. 집은 하루종일 일곱 살짜리 아들과 개가 본다. 저녁 때 돌아오면 개가 먼저 짖고 어린애가 3층에서 들창문을 열고 “누구요?” 하는 것이 사랑스럽다. 점심은 보통 날은 도시락을 싸가지고 가고, 일요일이나 제일祭日에는 파출부가 자전거를 타고 와서 해주고 간다.

저녁 밥상에는 가족이 둘러앉는다. 내 자리는 언제나 주빈석, 샬레 씨 오른쪽이다.

샬레 씨는 친절하게,

“마담 김, 오늘 그림 잘되었습니까?”

하면 부인이 얼른,

“그럼요, 오늘 그려왔는데 썩 잘되었던 걸요. 비

시에르Bissière[19]의 영향을 많이 받았겠지요."

이렇게 화제가 시작되면 남편은 친구들과 지내던 이야기, 부인은 동무들과 일하던 이야기, 딸들은 길에서 본 이야기를 손짓, 발짓, 눈짓콧짓해가며 허리가 부러지도록 웃으며 이야기한다. 때로는 내가 서툰 프랑스어로 동문서답해 깔깔 웃게 된다. 이럴 때마다 샬레 씨는 내가 무안해 할까봐 시치미 딱 떼고 눈을 내리뜨고 웃음을 참는다.

저녁밥을 먹은 뒤에는 정원을 산보하기도 하고, 피아노를 치고 춤을 추기도 한다. 내가 주인이나 부인과 짝이 되어 춤을 추고 좋아하면 주인 부부는 퍽 즐거워했다. 또는 라디오를 듣기도 하다가 부인이 시계를 보고 "시간이다" 하면 딸들과 나와 아들은 주인 부부에게 키스하고 다 자기 방으로 돌아가고 부부는 서재에 남는다. 하룻저녁은 궁금해서 부엌에 물을 떠먹으러 가는 체하고 지켜보았다. 부부는 비둘기같이 붙어 앉아서 무슨 이야기를 그렇게 속살거리는지 재미

19 Roger Bissière. 야수파와 큐비즘의 영향을 받은 화가로 아카데미 랑송의 교사를 지냄. 나혜석은 아카데미 랑송에서 비시에르의 지도를 받음.

가 깨가 쏟아질 듯하였다. 그날 지낸 일을 서로 고해바치는 것 같았다. 그들 앞에는 그날의 여러 가지 신문이 놓여 있었다. 이와 같이 어디로 보든지 화목한 가정이었다.

부인은 아양보양하고 앙실방실하고 오밀조밀하고 알뜰살뜰한 프랑스 부인 중에 점잖고 수수하고 침착하나 어딘지 모르게 매력을 지닌 이다. 강약을 겸비하고 물샐틈없는 규모를 갖춘 살림살이와 염증이 나지 않고 신산스럽지 않은 생활이 예술처럼 느껴졌다. 남편에게 다정스럽게, 자식들에게 엄숙하게, 친구에게 친절하게, 가축에게 자비스럽게 대하는 데는 감복하지 않을 수 없었다. 더욱이 학자 집안인 만큼 검소한 데다, 주인 이하 어린아이까지 세숫물도 자기가 떠다 하고, 밥 먹고 난 그릇도 다 각자 부엌에 내다놓는다.

때때로 연극, 오페라, 영화 초대장이 오면 개한테 집 잘 보라고 부탁하고 구경을 간다. 구경하고 오다가 카페에 들러 차나 음식을 먹고 돌아온다.

어린애가 좋아서 껑충껑충 뛰면 어머니는 그 뺨에 키스하고, 아버지는 빙그레 웃으며 내게 조용히, "조선 어린이들도 저렇지요" 묻는다. 나는 떠듬떠듬

"위 레멤, 무슈"(예, 똑같습니다) 하고 깔깔 웃었다. 딸 둘은 컴컴한 길가에서(시외인 고로) 방금 본 연극을 흉내 내며 서로 붙잡고 춤을 춘다. 샬레 씨는 손뼉을 치며, "트레비앙, 트레비앙"(잘한다, 잘한다) 한다. 이같이 이 가정의 공기는 언제든지 명랑하고 유쾌하다.

부인은 매달 잡지와 신문에 기고할 뿐 아니라, 여성 참정권에 대한 책도 저술하였다. 그 신문, 잡지책에 실린 것만 보고 감복하였을 뿐이요, 내용을 읽을 줄 모르는 것이 큰 유감이었다. 부인은 집회, 연회에 자주 출입하는데, 야회복을 입고 나서는 반드시 내 방에 와서, "내 모양이 어때요?" 하고 옆으로 살짝 돌아서며 애교를 부린다. 반드시 부부 동행이며, 돌아올 때는 우스운 장난감을 사가지고 와서 식탁에 놓고 가족들을 웃긴다. 이론 캐기 좋아하는 내가 만일 언어에 능통하였더라면 소득이 많았을 것이나, 그렇지 못한 것이 큰 유감이었다.

대부분의 파리 여자들은 값싼 천으로 의복을 지어 입는데, 그 묘한 발상에 놀라지 않을 수 없었다. 이 집 딸들도 일요일에는 마룻바닥에 의복 감을 펴놓고 외투를 짓는다든지 모자를 만든다. 지어 입고 나서면 어느 상점에서 사온 것에 지지 않는다. 파리 여자는 자기 생긴 모양을 알아가지고 제 체격, 제 얼굴과 조화 있게 해 입으니, 루이 14세의 신수眞髓가 프랑스 국민성에 꼭 박힌 덕분인지 사람 자체가 예술품으로 보인다.

이 집 어린 아들과 동갑인 여자 아이가 옆집에 산다. 아이들 노는 것을 가보니 울타리를 터놓고 이쪽 아이는 이쪽에 저쪽 아이는 저편에 앉아서 손과 입이 왔다 갔다 할 뿐 서로 울타리를 넘어가지 않는다. 이웃집 사이에도 서로 삼가는 도덕 문화가 얼마나 심한 줄 알겠다. 남자아이는 소학교 입학 준비로 매일 한 시간씩 어머니에게 국어 독본을 배우는데, 옆집 여자 아이도 같이 배운다. 시간이 되면 여자아이가 가까운 울타리 뚫린 곳이 아니라 반드시 정문으로 들어와서 정식으로 인사하는 것이 퍽 이상스러웠다.

어린 남자아이가 아침저녁을 먹을 때면 테이블 위에 식기를 가져다놓고, 누나들이 설거지하면 행주질을 하고, 추운 아침에도 계단 걸레질을 한다. 남자 아이라도 어렸을 때부터 차별 없이 자기 일을 스스로 하게 하는 것이다.

부인은 아침마다 일어나는 대로 개, 닭, 토끼, 고

양이를 돌본다. 모이를 주고, 쓰다듬고, 키스하고, 병이 나면 안타까이 어루만지고 한다.

지금도 1년에 한 번씩 연하장을 주고받으며 안부를 묻는다. 이번에도 연하장이 길게 왔는데 한 번 조선 구경을 오겠다고 한다.

베를린의 그 새벽

과학 냄새를 맡다

남편은 이미 3개월 전에 베를린에 가서 체재중이었다. 나는 12월 20일에 파리 북역을 떠나 독일 베를린으로 향하였다. 차 속에는 독일 사람이 많았다. '야Ja, 야Ja' 소리는 프랑스인의 '위oui'와 영국인의 '예스yes'보다 다른 어푸수수한 맛이 돈다. 국경에서는 여행권 조사가 심하였다. 산중의 작은 역이 많으나 오르고 내리는 승객이 드물고, 산과 같이 쌓인 짐이 많았을 뿐이다. 독일 농촌은 토지 이용이 프랑스보다 낫다. 그리고 간간이 라인 강 지류가 흐르는 것이 아름다웠다. 삼림이 무성한 중에도 자작나무가 많이 보인다.

다음날 오후 7시에 독일의 수도 베를린 역에 도착하였다. 택시를 타고 남편 숙소를 찾아가서 짐을 풀

레세르 우라이, 〈빗속의 베를린 거리〉

려 할 때, 정거장에서 헛걸음을 한 남편과 S군이 들어 온다.

이때 베를린은 눈이 많이 내려 눈바람이 심하고 추위가 매서웠다. 한 달간 머물렀으나, 홑옷으로 외출하기가 추워서 별로 구경도 아니하고 중요한 것만 보았다.

독일은 과학과 음악뿐 아니라 문학도 프랑스와 앞을 다투며, 독일 사람은 검소하고 참을성이 많다고 한다. 베를린은 전차, 버스, 택시, 지하철이 쉼 없이 왕래하여 대도시의 기운이 농후하였다. 교통경찰이 방망이를 휘두르며 통행을 안내하는데, 4거리에는 반드시 공중이나 지하에 전기 신호등을 달아놓아 붉은 불이 나오면 진행하고 푸른 불이 나오면 정지하게 되어 있다. 매우 합리적이고 바라보기에도 경쾌하였다. 모든 것이 과학 냄새가 난다.

포츠담 궁전

세계대전 때 천하를 움직이던 카이저(황제)가 거주하던 궁이다. 2층에는 황제실, 황후거실, 알현실,

화장실이 자리하고, 황제와 황후가 사용하던 기구가 있다. 건물이 의외로 협소하고 내부도 간소하였다. 궁전 앞 국회의사당 입구의 늠름한 동상은 비스마르크였다.

파리 근교에 베르사유 궁전이 있는 것과 마찬가지로 베를린 근교에 포츠담 이궁離宮이 있다. 포츠담은 브란덴부르크 주의 수도다. 하펠 강 위에 높이 걸린 빌헬름 다리를 건너니, 빌헬름 1세의 동상과 양측에 자리한 8기의 프로이센 군인 동상이 보인다. 포츠담 시가지는 돔 모양의 사원이 많고, 퇴락한 기분이 충만하였다. 공동 식당에서 점심을 먹고 다시 구경하러 나설 때, 프리드리히 대왕 당시 하루에 한 번씩 울려 백성의 인심을 수습하던 종소리가 높이 울려 나온다.

공원 정문을 들어서니 좌우에 동상이 군대와 같이 도열해 있다. 때는 마침 눈 내린 다음이라 은세계를 이루었고, 충신열사의 초상은 목판에 가려 볼 수 없었다. 문인, 음악가 들의 기념상도 많았다.

언덕 정상에 건설된 프리드리히 왕이 설계한 상수시Sanssouci 이궁에 이르렀다. 이 궁은 무릇 180년 전의 건물로 규모라든지 내부 장식이 프랑스 베르사유에 비할 바는 아니나, 방마다 색채와 장식이 달랐다.

〈풍경〉

공작孔雀방, 호박琥珀방 등 별도의 방이 있다. 왕 자신이 철학가요 미술가로 박식하여, 건물 내외부의 설계를 다 하였다고 한다. 여자들의 이궁 출입을 엄금하고 왕은 독서에 몰두하였다 한다.

정원에는 왕이 사랑하던 개犬의 묘가 있고, 풍차가 하나 남아 있다. 궁을 건축할 때 이 풍차를 헐어버리려 하니까, 풍차 주인이 애걸하며 이것으로 가족이 살아가노라 하므로, 왕이 허락한 것이 지금까지 있다.

마르크 박물관, 구박물관, 신박물관, 국립미술관, 프리드리히 기념박물관을 보았으나, 특별한 것은 없었다. 앞의 두 박물관에는 옛 유물과 조각이 많고, 다음 두 곳에는 회화가 많았으며, 프리드리히 기념박물관에는 루벤스, 반다이크, 티치아노의 그림이 많았다.

베를린 구시가를 구경 갔다. 니콜라이 당시 궁전이었던 조그마한 집과 낮은 민가, 좁은 도로는 과연 오늘의 독일 문명과 비교할 수 없었다.

프리드리히 빌헬름 궁전은 빌헬름 1세의 궁전으로 실내에 금은보석을 많이 진열해 놓았다.

독일에서 유명한 음악회를 구경 갔다. 베토벤과 바그너의 곡 연주회인데, 수백 명의 단원이 나와 관현

악을 합주하니 관객의 마음은 서늘해지고 몸은 중천으로 떠오르는 느낌이었다.

베를린의 그 새벽

구미 각국은 크리스마스에 새해를 겸한 축하 인사를 나누고 선물을 교환한다. 크리스마스와 '송구영신'送舊迎新을 구별할 수 없을 만큼 되어 있다. 그러므로 축하 편지에도 으레 둘을 겸해 쓴다. 12월 초순만 되면 각 상점에는 소나무가 늘어서고, 그 속에서 선물을 판다. 선물을 파는 야시夜市까지 열려 사람들은 덜덜 떨면서도 한 짐 가득 선물을 사간다.

크리스마스가 가까워 오니 곳곳에서 소나무, 참나무를 꺾어다 팔고 있다. 이날 저녁에 베를린에서 제일 큰 교회로 구경을 갔다. 교회당을 장식한 크리스마스 트리와 남녀 코러스의 청아한 찬미 소리에 싸인 몸은 행복스러웠다. 이 날은 정월(설날)을 겸한 축일이라 선물을 건네고 잘 차려진 음식상 앞에서 서로 술을 권하며 흥껏 논다.

섣달 그믐날 밤이다. 내가 머물던 집의 안주인이

맥주를 사가지고 들어오더니 언 손을 난로에 쪼이며 훌쩍훌쩍 운나. 나는 깜짝 놀라 어디 다쳤느냐고 물었다. 옆에 있던 S군이 눈짓을 한다. 나는 S 곁으로 가서 귓속말로 왜 그러느냐고 물었다. 그랬더니 “죽은 남편을 생각하고 그러니 가만 두시오” 한다. 나도 어느 결에 눈물이 돌았다. 부인은 우리를 위해 테이블 위에 촛불을 켜고, 맥주와 포도주, 그리고 고기를 차려주었다. 우리는 이런저런 이야기를 나누며 시간을 보냈다.

그날 밤 12시가 되었다. 사방에서 교회당의 종소리가 울려온다. 조용하던 밤이 요란해진다. 안주인이 술잔을 들자 우리도 잔을 들었다. 모두 일어서서 새해를 축하하였다. 부인은 부리나케 부엌으로 달려갔다. 우리도 그 뒤를 쫓아갔다. 부인은 미리 준비해 놓았던 납을 불에 녹였다. 그리고 우리에게 녹은 납을 한 숟가락씩 떠서 찬물 그릇에 넣으라 한다. 찬물 속에서 굳어지는 납 모양을 보고 너는 부자가 되겠다, 너는 애인이 생기겠다, 너는 성공을 하겠다 점을 쳐준다. 어찌나 재미스러웠던지.

이웃집 유리창이 이내 다 열린다. 사람들은 창에 몸을 걸치고 색지 끈을 던져 이 집 창문에서 저 집 창문으로 걸치도록 하고 새해 축하를 한다. 그런 다음 모두 길에 나가서 춤을 추든지 카페에서 차를 마신다.

나는 S군을 졸라 시가지로 구경을 나갔다. 이게 웬일인가. 발에는 색종이가 걸리고 사람이 너무 많아 지나갈 수가 없다. 취한 사람, 이상한 모자와 괴이한 옷을 입은 사람, 북을 두드리는 사람들이 이리 닥치고 저리 닥쳐서 수라장을 이루었다.

이날 남자는 어떤 여자에게라도 키스할 특권이 있다고 한다. 그리하여 쫓아가는 남자와 쫓겨가는 여자가 여기서 툭, 저기서 툭 튀어나온다. 깜짝깜짝 놀랄 만큼 꽥꽥 하는 소리가 사방에서 난다. 나는 같이 가던 S군에게,

"여보, 부럽지 않소? 내 특허를 줄 터이니 당신도 한번 해보구려."

"해볼까?"

어울리지 않는 행동으로 어떤 여자 하나를 쫓아간다. 여자는 소리를 지르며 쫓겨간다. 돌아서 오는 그와 마주쳤다. S는 껄껄 웃으며,

"재미있는걸."

"그래 어떻게 했소?"

"그년 소리를 지르고 달아나기에 정말인가 했더니 … 그러고는 떨어져야지."

우리 두 사람은 크게 웃었다. 웃은 죄가 내렸는지 웬 남자가 내 어깨를 둑 친다. 나는 깜짝 놀라 달아났다. 달아났지만 하는 수 없이 붙잡혔다. S는,

"그것 보오. 나를 놀리더니 죄가 내렸지."

흥겹게 노는 사람들을 뒤로 하고 돌아오는데 알 수 없는 적막과 슬픔이 머릿속을 채운다. 눈을 감고 먼 고국의 풍경을 그려보노라니 소리 없는 한숨이 목구멍을 감돈다.

활동사진관에도 가보고 오페라도 구경 갔다. 마침 〈카르멘〉 오페라가 있어서 기뻤다. 내가 제일 좋아하는 오페라이다.

독일 사람은 이상주의적이고 충실 친절하며 명예심이 강하다. 활동성이 원기 있고, 의지가 굳고, 조직적 계획적이다. 또한 자기희생의 정신과 의무감, 복종심이 강하다고 한다.

1월 4일에 독일을 떠나 다시 파리로 돌아왔다.

이탈리아 미술을 찾아

내가 파리 있을 동안 남편은 유럽 각국을 시찰하고 이탈리아만 남겨놓고 왔다. 그리하여 3월 23일에 이탈리아를 향하여 미술을 찾아 나섰다.

이탈리아는 미술의 나라다. 그 미술은 고대 로마 시대로부터 17세기에 이르도록 세계적 명성을 가지고 있었다. 15세기 전후 문예부흥기에 이탈리아 미술은 건축 조각은 물론이고, 특히 회화는 앞선 시대와 비교할 수 없는 융성 시대였다. 실로 르네상스기의 이탈리아 회화는 인간 능력의 절정에 달하였다. 그러므로 미술사상 많은 페이지를 점하는 것이 이탈리아 르네상스기 회화요, 세계적 작품으로 평가되는 것이다. 역대의 명화가들이 그때 회화의 영향을 많이 받았으며, 지금 화가들이 이탈리아를 찾아가는 것은 모두 그때 그림을 보기 위함이다.

프랑스 마을에도 봄이 왔다. 나뭇가지에는 푸른 잎이 돋아 오르고, 나무 아래 그늘에는 풀들이 고개를 내밀고, 앵두꽃, 복숭아꽃, 배꽃이 피었다. 농부들은 쌍마雙馬를 몰아 밭을 갈고(유럽에서는 흔히 말을 쓴다), 군데군데 보이는 퇴색한 붉은 벽돌집 정원에는 빈틈없이 채소와 화초가 심어져 있다.

밀라노에서 만난 〈최후의 만찬〉

밤 11시에 프랑스와 스위스 국경을, 오전 3시에 스위스와 이탈리아 사이의 국경을 지나게 되어 변변히 잠을 못 잤다. 말뚝을 꽂아놓고 이편은 어느 나라, 저편은 어느 나라 하며, 복장이 돌변한 세관 관리가 우적우적 들어서서 서슴없이 여권과 짐을 검사한다. 나라마다 다른 복장도 한 구경거리다. 오전 6시 30분에 드디어 밀라노에 도착하였다.

밀라노는 인구가 백만이나 되는 이탈리아 전국 도시 중 둘째 가는 곳이다. 뿐만 아니라 상업 중심지이다. 시가의 설비며 건축에서 별다른 점은 볼 수 없었으나, 눈에 띄는 것은 여자들의 인물이다. 안색이

붉고, 윤곽이 정확하지 못하며, 표정이 순진한 듯하고, 짙은 흑색 모발이 많다. 풍문에 의하면 여자들이 아이를 많이 낳아 12~13형제는 보통이라고 한다. 우리는 길에서 지인을 만났다. 그는 하나오카라는 동경 사람인데, 작년에 스위스 베른에서 활동사진 구경 갔다가 알게 되었다. 이런 곳에서는 황인종만 만나도 눈이 번쩍 뜨인다.

두오모 성당은 세계 제일 간다는 성당이다. 북방에 솟아 있는 알프스 산맥과 그 장대함을 비교하기 위해 세웠다는 전설이 있을 만큼 흰 대리석으로 지은 장려한 건축이다. 오랜 기간 동안의 공사와 논쟁으로 1386년에야 완성되었다 하며, 북방에서 수입해 온 소위 고딕식(창이 뾰족하게 된 것)과 본래 있던 이탈리아식(창이 궁륭식) 남북 두 양식의 혼혈아로 미술사상 참고할 만한 건축물이다. 부정형한 형상의 흰색 첨탑이 무수히 솟아 있어 그 장대함이 놀라웠다.

성당 안으로 들어서니 대규모 장식 창에 각종 성화聖畵 모자이크[20](유리 조각을 맞추어 세공한 것)가 찬

---

20 스테인드글라스.

레오나르도 다빈치, 〈최후의 만찬〉

란하게 새겨져 있다. 이 모자이크는 5세기 예술로 유명한 비잔틴 식이다. 성당 안에는 해부 조각으로 유명한 〈성 바르톨로메오〉[21]가 있다.

산타마리아 델레 그라치에Santa Maria delle Grazie 수도원은 시내 한편에 있다. 간소한 건물은 다각형의 궁륭 형태로 되어 있으며, 이 지방에서 많이 나는 붉은 연와로 지은 벽은 빛이 바래 만주에서 많이 보던 기억이 새로웠다. 이 수도원을 찾아 세계 각국 사람들이 밀라노에 들르는 것은 이 수도원 내의 한 건물에 세상에 둘도 없는 보물 레오나르도 다빈치의 벽화 〈최후의 만찬〉이 있는 까닭이다.

입장권 5리라(60전)를 내고 건물 안에 발을 들여놓았다. 과분한 기대와 긴장에 가슴이 심하게 뛰었다.

과연 그림을 대할 때 나도 모르게 머리가 숙여졌다. 지금까지 인쇄물로 보던 것과 판이한 것을 보고 기뻤다. 이 그림은 온기로 인해 또 한때 이 건물이 병영의 일부로 사용될 때 무시로 창문을 열고 한 관계로 일부 조각이 떨어져나가는 등 파손을 입었다. 실

21 마르코 다그라테Marco d'Agrate의 조각 작품.

내에 꽉 찬 각국 관람객들은 작품의 참맛을 알려고 망원경으로 혹은 종이를 말아 대고 보느라고 야단들이다. 만고의 걸작 〈최후의 만찬〉 앞에 선 군중의 심리는 하나가 되고 만다. 그 기분은 숭고하고 엄숙하였다. 중앙에 놓인 작가의 초상은 군중의 마음의 절을 받고 있다. 이 수도원은 이탈리아 최초의 건물 사원이라고 한다.

레오나르도 다빈치는 문예부흥기 위대한 천재 중의 한 사람이다. 피렌체 명문가의 서자로 태어나 어려서부터 학문을 좋아하고 연구심이 풍부하였다. 장년에 이르러 강철을 떡과 같이 늘일 만한 거인이요, 사자와 같은 용맹을 지닌 동시에 비둘기 같은 부드러운 마음을 겸비하였다. 당시 사람들이 '완전한 인간'이라고 부를 만큼 각 방면으로 능하지 못한 것이 없는 경탄할 만한 천재였다.

1483년에 어느 귀족의 초대를 받아 피렌체에서 밀라노로 갔다. 그리하여 여기서 4년 동안을 두고 그린 것이 이 수도원에 있는 〈최후의 만찬〉이다. 이것은 예수가 내일 로마 관리에게 잡혀가서 십자가에 못 박히게 되는 그 전날 밤, 12제자와 만찬을 같이 하면서 "이 중에 한 사람이 나를 팔았다" 하니 그것을 들은 제자들은 서로를 의심하는 순간의 비극적 광경을 그린 것이다. 종래 '최후 만찬'이란 주제를 그린 화가가 많았으나, 다빈치만큼 그 정서를 그려낸 그림이 없다고 한다.

옆으로 긴 식탁 전체에 감정의 파동이 물결과 같이 퍼져 있고, 파랑 중앙에 있는 예수는 조금 고개를 돌리고 두 손을 벌린 채 거인의 비극적 운명을 보이고 있다. 선생을 판 유다가 놀라는 표정이며 여러 사람의 시선이 중앙에 있는 예수와 천정을 향해 통일하여 있다. 이 그림에서 16세기의 색채를 볼 수 있다.

스칼라 극장에서 윤심덕을 떠올리다

토머스쿡 자동차로 다다른 곳은 공동묘지Cimitero Monumentale였다. 철 난간을 들어서면 르네상스기 위대한 천재 화가 미켈란젤로Michelangelo가 설계하였다는 묘당이 있고, 그곳으로 들어가 궁륭 문을 나서니 각종 그리스 식, 로마 식의 묘비, 석관, 조각이 나타난다. 남편 시체 옆에 고개를 숙이고 앉은 부인, 부인의 관 앞에 남편이 손을 가슴에 대고 있는 것, 어머니 무덤

앞에서 어린 남매들이 우러러 보는 것, 넓은 뜰에 흰 대리석 혹은 화강암 조각으로 그 죽음에 대한 비극을 표현해 놓았다. 부분적으로 보면 일일이 눈물을 흘리지 않을 수 없겠으며, 전체로 보면 가히 미술품에 취한 듯한 감이 생겼다. 이 묘지는 세계에서 제일 가는 예술적 가치가 있다 한다.

황혼도 되었을 뿐 아니라 토머스쿡 자동차가 재촉을 해서 개선문은 자동차 위에서 보았다. 이 개선문은 파리 개선문보다 규모가 작았으나 조각과 모양이 대동소이하였다. 북쪽으로 고성의 탑이 보이는 공원 숲을 빙빙 돌아서 왔다. 이날 밤에는 유명한 스칼라 극장 연극 구경을 갔다.

스칼라Scala라고 하면 극장 건물로나 여기서 하는 오페라로나 세계 제일인 것은 누구나 다 안다. 그리하여 이곳에 각국의 오페라 연구자들이 수 만 명 모여 든다. 조선의 고 윤심덕[22] 씨도 이곳을 동경하다가 뜻을 이루지 못하고 세상을 떠났다. 정원이 3천6백 명

22 성악가. 애인 김우진과 함께 1926년 현해탄에서 동반자살하였으며, 죽기 직전 취입한 음반 〈사의 찬미〉는 공전의 베스트셀러가 되었다.

이라고 하는 만큼, 극장 안이 넓었다. 극장의 외형은 나중에 건설된 파리 오페라에 비할 수 없이 평범하고, 파리 오페라의 천정화나 조각과 같이 산뜻한 맛은 없으나 색채라든지 규모가 깊은 맛이 있었다. 과연 무대 배경이며 출연하는 수백 명 배우의 의상, 연기, 노래, 음악이 빈틈이 없었다. 나로서는 파리에서나 베를린에서 보지 못하던 것을 보았다. 거기 앉아 관람하는 나는 무한히 행복스러웠다. 여기 와서 연구하는 일본 배우 하라 노부코 씨는 머지않아 여기서 공연하리라 한다.

브레라 미술관

다음날 아침에 시내에 있는 브레라Brera 미술관을 찾아갔다. 여기 진열해 놓은 그림이 750점인데, 대체로 15세기부터 20세기까지의 대표 작품이다. 그중 유명한 것은 루이니Luini의 〈장미원의 성모〉와 레오나르도 다빈치의 〈그리스도〉, 만테냐Mantegna의 3대 걸작 중의 하나인 〈예수의 주검과 성녀들〉, 벨리니Bellini의 〈피에타〉, 라파엘로의 〈성모의 결혼〉이다.

루이니의 작품은 온화한 감정과 심오한 매력이 풍부하다. 그 흰 예기 이 〈장미원의 성모〉이다. 짙은 색 사이로 떠오르는 복숭아 빛깔이 사람의 마음을 끈다. 그 성모에 나타난 아름다움은 여성의 미를 표현하는데 유명한 라파엘로나 티치아노에게서 보지 못하던 것이다.

레오나르도 다빈치의 〈그리스도〉는 작가가 불분명하였던 것이 그후 여러 감상가의 평으로 레오나르도 다빈치의 작품으로 확정된 것이다. 예수의 인간에 대한 비애와 세상을 구원하려는 고뇌의 표정이 잘 나타나 있다. 특별히 뚜껑을 덮어 놓았다. 그만큼 작가에게나 작품에 경의를 표하는 것 같다.

만테냐의 〈예수의 주검과 성녀들〉도 있다. 이것을 주목하는 것은 예수를 덮은 흰 천의 복잡한 주름이며 예수의 주검을 측면으로 그린 기교다. 이 그림을 측면으로 볼 때는 길게 누운 것으로 보이는 기묘함이 있다. 두 손을 무겁게 늘어뜨린 주검의 형태며 그 옆에서 애통해 하는 성녀들의 표정을 볼 때 따라서 눈물이 나올 듯하다.

벨리니는 베네치아 파의 대가로 그의 작품 중 유명한 그림이 이 〈피에타〉이다. 성모가 예수의 주검을

껴안고 슬퍼하는 그림이다. 이 주제를 다룬 화가가 많았으나 벨리니와 같이 성모의 슬픈 감정을 표현해 낸 사람이 적다고 한다. 창백한 예수의 시체에 뺨을 대고 우는 성모의 사랑과 슬픔이 극한에 이른 표정, 절망하면서 예수의 시체를 붙들고 있는 요한, 전체 화면에 찬 백색 기운, 윤곽이 똑똑한 것 모두 종교적 고상한 감정의 표현이다.

라파엘로의 〈성모의 결혼〉은 예루살렘의 다각형 돔 사원을 배경으로 신부 마리아와 신랑 요셉이 마주 서 있는 그림이다. 사제가 가운데 서서 두 사람의 손을 쥐고, 요셉이 처녀의 손에 반지를 끼우려 하고 있다. 마리아를 둘러싸고 있는 여러 처녀들은 선망의 표정에 차 있고, 요셉 편에 있는 거절당한 구혼 청년들은 절망의 고통에 못 견뎌 하며 막대기를 꺾는 자, 차마 볼 수 없어 고개를 돌리는 자가 있다. 여러 가지枝는 부러지고 한 가지만 요셉으로 인하여 꽃이 피었다. 이와 같이 요셉과 마리아는 대중 앞에서 법률상의 정식 결혼식을 거행하는 것이다.

물의 도시 베네치아

오전 9시 40분에 밀라노를 떠나 베네치아로 향하였다. 밀라노와 베네치아 사이의 롬바르디아 평야는 밀밭과 목장이 끝없이 이어졌다. 호수를 끼고 한참을 돌더니 약 1시간이나 물 가운데로 나아간다. 매우 이상스러웠다. 이윽고 도착한 베네치아 역도 물 가운데요, 플랫폼을 나서니 역시 운하가 맞아주어 앞이 탁 트인다. 듣던 대로 베네치아는 물의 고장이로다. 호텔을 정하고 시가지 구경을 나섰다.

베네치아는 크고 작은 섬이 117이요, 운하가 150이요, 다리가 370이라고 한다. 검고 칙칙한 도랑 위에 옻칠한 관 같은 곤돌라 띄운 물의 고장을 생각해 볼 때, 또 그 위에 검은 베일을 두르고 발등까지 주렁주렁 덮은 이곳 부녀의 풍속을 볼 때, 베네치아는 흙빛 베네치아로 첫 인상이 새겨졌다. 일찍이 베네치아는 동양적 황금 품격이 넘치는 다양한 빛깔의 경치와 아취를 지닌 도시로 들었건만. 전체를 둘러싼 기분은 묘지에 표류하는 음습하고 신비한 냄새였다. 그러나 빛바랜 주황색, 연분홍색, 회갈색의 벽은 채색을 좀 해 보았다는 내 안목에 친근한 맛을 주었다.

리처드 보닝턴, <베네치아 리알토 다리>

베네치아는 바닷속에 자리 잡은 물의 도시로 전부 제방을 쌓고 운하를 만들었다. 운하가 노로가 되어 골목이 전부 물이요, 잔교棧橋가 명품이라고 할 만큼 이르는 곳마다 다리다. 그러므로 이곳에서는 수레와 말은 약에 쓰려고 해도 얻을 수 없고, 교통기관은 전부 작은 증기선과 곤돌라다. 풍류로는 좋으나 풀이며 흙이며 정원은 도무지 볼 수가 없다. 좁디 좁은 시가는 하루종일 햇빛을 보지 못할 곳이 많았다. 이삼 일 지나는 여행객으로는 즐겁게 보낼 수 있지만, 영주하기에는 너무 불안할 듯하였다.

다음날은 아침 일찍 곤돌라를 타고 산마르코로 갔다. 멀리 들리는 물결 위에 흰 갈매기 떼는 떴다 앉았다 무엇을 찾아 물고는 다시 힘차게 떠오른다. 이런 꿈나라에 와서 배를 타고 앉아 명상에 빠져들었다.

과연 산마르코에는 궁전이 있고, 탑이 있고, 사원이 있고, 영미인을 상대로 진열해 놓은 화려한 상점이 있다. 산마르코 광장은 길이가 96칸間, 폭이 45간 크기이다. 바닥이 대리석과 안산암으로 된 것을 보면, 옛 영화와 당시의 권력이 어떠하였는지를 알 수 있다. 산마르코 사원의 내부 장식은 동양식으로 유명하다.

두칼레 궁전과 산마르코 광장

두칼레Ducale 궁전은 844년에 지은 건물인데, 후기 고딕 양식에서 르네상스기로 들어가는 과도기의 건축이다. 15, 16세기 사이에 증축을 하였고, 두 차례나 화재를 당하였다. 이탈리아 공화정 시대의 대통령 관저로서 정부 당국자들의 집합처였다.

건물이 역사적 가치를 지녔을 뿐 아니라, 건물 내부에 걸려 있는 그림 가운데는 이탈리아 르네상스기의 한 부분을 차지하는 가치 있는 그림이 있다. 그중에는 리초Rizzo의 그림이 많고, 티치아노Tiziano와 틴토레토Tintoretto의 그림도 있다. 틴토레토, 베로네제Veronese, 바사노Bassano 등의 합작인 〈천국〉[23]은 인물 많이 쓴 그림으로 세계 제일 간다. 틴토레토의 〈성 카테리나〉, 천정화 〈천국의 영광〉도 있다.

안내인이 이끄는 대로 들어서니 캄캄한 돌 감옥

---

23 〈천국〉은 과리엔토Guariento의 〈성모의 대관戴冠〉 프레스코화가 불탄 자리에 다시 그린 그림이다. 처음에는 베로네제와 바사노가 그리기로 되어 있었으나, 베로네제가 갑자기 세상을 떠남으로써, 틴토레토가 자신의 아들 도메니코의 도움을 받아 완성하였다.

틴토레토, 〈천국〉

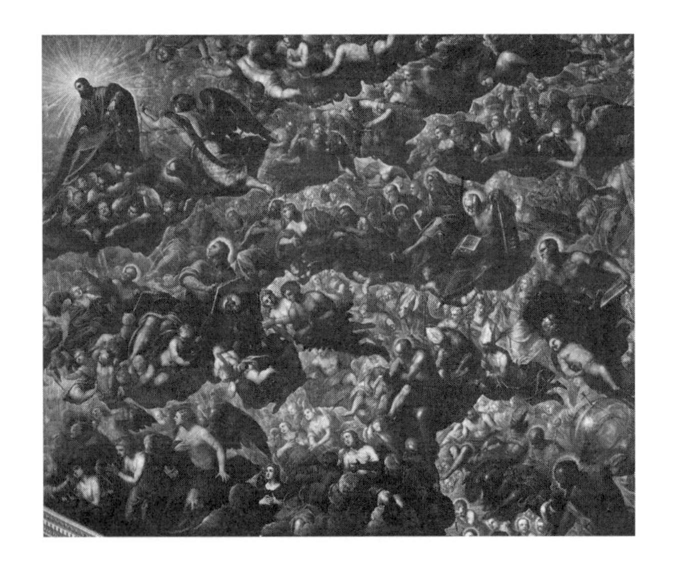

속이다. 어느 나라 감옥이든지 자유를 속박해 놓는 것은 일반이다. 우리나라 전 포도청 감옥 모양으로 벽 위쪽을 조금 뚫어놓은 것 외에는 밥 주는 구멍밖에 없다. 사방 벽이나 땅바닥이나 모두 돌이다. 그 밑으로 물 흐르는 소리가 난다. 사형 받은 죄수를 이 바다에 밀어 넣었다고 한다. 궁전과 감옥을 연결해 놓은 다리는 '탄식의 다리'愁心橋라고 불리는 만큼, 천국과 지옥이 서로 이어진 감을 느끼게 한다.

궁전에서 나오니 소낙비가 쏟아진다. 사원 종각에서 울려오는 〈산타마리아〉 종소리는 바다 물결소리에 합해진다. 부드럽게 날아온 비둘기 떼는 아장아장 걸으며 어여쁜 입으로 관람객들이 주는 먹이를 주워 물고는 힐끔힐끔 쳐다본다. 광장에 널려 있던 비둘기 떼가 일시에 한데 몰려 옥상으로 올라간다. 이 아니 별유천지비인간別有天地非人間이냐. 정신없이 서서 보다가 폭우를 피해 궁전 앞에 있는 탑으로 올라갔다.

폭풍우가 심하여 오래 머물지 못하고 잠깐 둘러보았으나 베네치아의 전경은 실로 물의 세계였다.

산마르코 대성당은 12세기 건물로 곤돌라를 보호

하기 위해 세운 성당이라고 한다. 성당 기둥은 콘스탄티노플에서 가져왔다. 전부 흰 대리석으로 참 장엄하다. 성당 안팎의 바닥은 전부 대리석 모자이크여서 그것만 해도 한 훌륭한 미술품이 되고 남는다. 천정화는 신약성서를 쓴 마가의 행적을 담고 있다.

여기 온 후 그릴 그림의 주제는 풍부하나, 연일 비가 오고 또 구경으로 인하여 마음만 안타까울 뿐 그림을 한 장도 못 그렸다. 이날은 마침 볕도 나고 하기에 소품 하나를 그렸다. 걸작을 볼 때는 그리면 곧 그 같이 될 듯하나, 그리고 보면 생각하던 것과 판이하다. 이럴 때마다 대가와 걸작에 대한 존경이 더하여 간다. 그림은 감각적인 만큼 과연 어려운 것이다.

나와서 구경할 곳을 찾다가 마침 영국인 관광객 일행이 지나는 것을 보고 그 뒤를 따랐다. 골목으로 한참 가더니 어느 조그마한 2층집으로 올라간다. 이곳은 미리 가이드들과 약속하고 관광객을 인도하는 소위 명품 매점이었다. 영미인이 빈번히 출입하는 만큼 사치품이 많았다. 일찍부터 동방 제국과의 교통로를 열었던 이 무역항은 세공품의 산지로 유명하다. 그리하여 목에 걸치는 줄에 끼운 구슬까지 모두 대리석 세공품이다. 이상한 꿈과 같은 이 도시를 추억하기 위해 물건 하나라도 사가지고 가고 싶은 강한 집착심이 생겨 발길이 얼른 떨어지지 아니하였다.

국제 현대미술관은 1902년 건물로 여기서 해마다 한 번씩 4월부터 10월까지 국제전람회를 개최한다. 현대 회화로 유명한 것이 많았다. 파리 로댕 뮤지엄에 있는 것과 같은 로댕Rodin의 〈칼레 시민〉과 〈생각하는 사람〉이 있다. 여러 나라를 돌아다니는 중에 파리는 마치 고향과 같이 생각되어, 이 작품만 보아도 매우 반가웠다.

흰색 처리를 기묘하게 해낸 라파엘로의 〈성모 승천〉, 티치아노의 〈그리스도의 승천〉, 틴토레토의 〈그리스도의 최후〉, 베로네제의 〈거미의 집〉, 벨리니의 〈마돈나〉가 눈에 띄었다.

아카데미아 미술관에는 전시된 회화가 750여 점 있다. 대부분 베네치아 파 대가의 그림이다. 베네치아 파의 특색과 피렌체 파의 특색을 비교해 보는 것은 전문가에게는 매우 흥미 있는 소재다. 가장 대표적인 그림은 벨리니의 〈성모〉와 〈산마르코 광장의 행렬〉, 티치아노의 〈아담 이브〉, 카르파시오Carpaccio의 〈사셀드스의 경배〉 등이다.

베네치아 파와 피렌체 파

베네치아 파의 회화는 피렌체와 중부 이탈리아 유파에 비해 뒤늦게 발달하였다. 그러나 다른 파와 달리 베네치아 파는 특장을 발휘하여 르네상스 미술사에서 독특한 지위를 점하고 있다.

피렌체 파 회화의 특징은 선으로 된 윤곽의 완성과 육체의 묘사, 운동의 표현에 우아한 기품을 불어넣어 전체를 조화시킨 점이다. 베네치아 파는 색채를 중요하게 여겨 명암의 색조와 빛의 음영으로 화면에 깊은 맛을 부여함으로써 인간미와 인정미를 표현하였다. 그래서 유화의 신묘법新描法에는 베네치아 파가 더 어울리게 되어 있다. 베네치아에서 회화가 크게 발달한 이유다.

베네치아 회화가 르네상스 풍으로 발달하기는 15세기 말에 벨리니 형제로부터다. 벨리니의 그림 중 가장 유명한 것은 아카데미아 미술관이 소장하고 있는 〈산마르코 광장의 행렬〉이다.

원래 베네치아는 상업무역을 생명으로 아는 도시인만큼 시민공화의 정치를 이상으로 삼았다. 시 중앙의 산마르코에서 행하는 종교적 의식은 시민 전체의 의식이 되었을 것이다. 그러므로 이 벨리니의 그림은 15세기 베네치아의 풍속화로도 볼 수 있다. 장년의 기력이 넘치는 벨리니의 〈성모〉는 성모 마리아가 예수를 안고 있는 모습인데, 성모는 초월적인 느낌보다 인간적인 친근한 맛을 풍긴다.

티에폴로Tiepolo의 〈십자가의 발견〉이 있다. 이런 그림과 같이 베네치아 회화 중에는 시의 영광을 기념하는 역사화가 많다. 베네치아에서는 도시 생활과 미술의 관계가 밀접했음을 알 수 있다.

티치아노는 어릴 때부터 베네치아에 거주한 화가로 벨리니의 제자였으며, 백 살 가까이 장수하면서 노쇠를 모르고 그림을 그렸다. 티치아노는 당시 명성과 지위가 아주 높았다. 그가 불행히 흑사병으로 사망하였을 때 전 베네치아 시민이 애도를 표하고, 장엄하게 장례를 치러주었다. 당시 흑사병자는 사원 내에서 장례를 지낼 수 없음에도 불구하고 원로원의 명령으로 그는 프라리 성당에 매장되었다.

티치아노는 많은 여성을 그린 화가이다. 특히 풍만하고 원숙한 중년 여성을 즐겨 그렸다. 그가 그린 여성의 육체미에는 건강미가 넘친다. 실로 색채의 화가라 할 만큼 색채의 깊이와 시적 구조가 느껴진다. 대표

작에는 〈제단〉〈성모 승천〉〈성모와 성자〉 등이 있는데, 모두 구조의 명확함, 기품, 안정감이 뛰어나다.

틴토레토는 베네치아 파 최후의 명성을 누린 천재다. 그는 화실 벽에 '미켈란젤로의 드로잉, 티치아노의 색채'라고 표어를 써 붙이고 공부하였다 한다. 그는 티치아노의 제자로 있다가 나와서 그같이 열심히 공부하여 놀랄 만한 대작 〈최후의 만찬〉〈천국〉〈성 마르코의 기적〉 등을 차례로 그려 냈다. 그 중에 〈천국〉은 놀랄 만큼 커서 세계 최대의 회화로 이름이 났다. 그의 장점은 생명의 약동을 화면에 표현하는 능력이었다. 성서 이야기든지 신화든지 역사든지 모두 운동체로 그려내고, 일상생활의 이면을 담아냈다. 큰 붓을 사용하고 빛을 적확히 표현하여 명암의 대조를 강조함으로써 종래의 온건한 그림에 움직임과 활기를 부여하는 새로운 표현방식이었다.

돌아와서 레스토랑에 가 이탈리아 음식으로 유명한 마카로니와 생선으로 저녁을 먹었다. 질기면서도 맛이 붙는 마카로니도 먹어보지 못하던 맛이거니와 이곳 운하에서 잡은 생선 맛은 생전에 잊을 것 같지 않다. 힘든 여행의 피곤도 부부가 마주 앉아 식사할 때는 멀리멀리 물러가고 단란한 행복이 있었을 뿐이다.

꽃의 도시 피렌체

오전 7시 5분 차로 피렌체로 향하였다. 듣던 바에 의하면 이탈리아는 햇빛의 나라요, 햇빛이 없으면 이탈리아의 풍토라든지 미술의 미를 알 수 없다고 한다. 그런데 이후 불행히도 연일 비가 내려 음습한 날씨에 아무 유쾌한 맛을 모르겠다. 게다가 팔자에 없이 모양을 내느라고 얇게 입고 왔더니 한기로 자못 고생했다.

피렌체는 플로렌차라고 불리던 곳이다. 그 의미가 꽃이어서 피렌체를 '꽃의 도시' '봄의 도시'라고 부른다. 피렌체는 북쪽 알피 산맥과 남쪽 키안티 산맥 사이를 조용히 흐르는 아르노 강가에 위치한다. 아르노 강 뒤편 언덕에서 내려다보면 피렌체 도시 전체가 꽃으로 덮여 있다. 과연 꽃의 도시라고 부름이 적절하다.

그러나 우리는 이곳에 피어 있는 꽃을 꺾으러 온 것이 아니다. 이곳에서 피어 이곳에서 시든 근세문화의 첫째 가는 꽃의 도시를 찾아온 것이다. 실로 중세기가 막을 내리며 새로운 문화가 열리고 인간의 능력이 절정에 달한 예술의 꽃이 이곳에서 피었다.

우리는 먼저 이곳에 왔던 어느 벗의 소개로 바로

아르노 강을 앞에 둔 호텔에 투숙하였다. 강변으로 창이 나 있는 방에 들었다. 그만큼 걸었으면 이력이 나렴직도 하련만, 구경만 하기에도 매우 피곤하였다. 시간을 아껴 돌아다니는 구경도 오늘은 창문을 통해 바라보는 것으로 반나절을 보냈다. 맞은편 수풀 우거진 언덕 아래에는 고성 터가 있고, 거기 미켈란젤로의 〈다비드 상〉이 우뚝 솟아 있다. 그 아래로 10여 칸 폭이나 됨 직한 아르노 강의 탁류가 흐른다.

피렌체는 예술의 도시라서 시가지를 걷는 것이 마치 미술관을 걷는 것 같다. 어느 건물, 어느 사원, 어느 문, 어느 창, 어느 조각이 예술품 아닌 것이 없다. 물론 우리는 이 맛을 보러 왔겠지만, 저 아르노 강물이 키워낸 단테Dante, 미켈란젤로Michelangelo, 조토Giotto, 마사치오Masaccio, 보티첼리Botticelli, 도나텔로Donatello 등 천재들의 자취를 보러 온 것이다. 그들이 지금 내가 밟고 있는 땅을 밟았겠지 하는 생각이 드니, 나도 모르는 사이에 이상한 환희를 느끼게 되었다.

다음날 아침에 시내 지도를 들고 각 전시관을 찾아 나섰다.

〈마차〉

산타크로체 성당과 우피치 미술관

산타크로체 성당은 프란치스코 파의 교회로 유명한 곳이다. 전면을 대리석으로 지은 간소한 형태의 이탈리아 고딕식 건물이다. 사원 앞 광장에는 단테의 석상이 서 있다. 성당 안은 어두컴컴하였다. 건물 뒤편에 있는 페르치 예배당과 바르디 예배당 찾았다. 조토가 그린 벽화를 보기 위해서였다. 안으로 들어서니 몸이 불편한 사제 한 사람이 다리를 절며 설명을 하겠노라고 따라 다닌다. 이탈리아 전국의 유명한 전시관에는 이렇게 상업적인 안내자가 있어 관람객을 괴롭게 한다.

1212년에 아시지의 성자 프란치스코는 포교하기 위해 제자들을 피렌체로 보냈다. 8년 뒤에 성 도미니크 역시 포교단을 이곳에 보냈다. 두 파는 다 달랐으니, 프란치스코 파는 검은 옷을 입고, 도미니크 파는 흰 옷을 입었다. 프란치스코 파는 '실행', 즉 '움직여 일하라'라는 주의였으며, 도미니크 파의 포교는 '조용히 기도하라'였다.

페르치 예배당과 바르디 예배당에 그려진 조토의 걸작 벽화 가운데 하나는 프란치스코의 일생 행적, 다른 하나는 예수와 제자들의 사적을 주제로 한 것이다. 그 외에 알로리Allori의 〈음악〉이 보기 좋았고, 밀라노Milano의 작품과 가디Gaddi의 〈마리아의 혼인〉이 눈에 띄었다. 사원 안에는 유명한 이탈리아인의 묘가 많고, 미켈란젤로의 기념비도 있다.

이탈리아 피렌체 교외에서 하루는 어느 양치기 소년이 자기가 몰고 온 양떼를 돌 위에 그리고 있었다. 이때 한 대화가가 지나면서 보다가 그 재주에 놀라 곧 자기의 제자로 삼았다. 이 소년은 후일 근세 화가의 비조鼻祖가 된 조토Giotto di Bondone요, 대화가는 그의 스승 치마부에Giovanni Cimabue였다. 조토가 25세에 그린 걸작이 아시지 성당 벽화 〈성 프란치스코의 생애〉다. 이것은 당시까지의 새겨 박아 넣던 화풍에 대한 큰 혁명이었다. 조토가 그린 인물에는 육체가 있고, 생명이 있고, 저마다의 개성이 있고, 사람과 사람 사이의 감응이 있어, 현실감이 높고, 인간미가 있고, 희곡적 생동감이 넘친다는 평이다. 조토는 조각가인 동시에 대건축가였다.

우피치Uffizi 미술관에는 그림만 4천 점이 전시되

어 있는데(조각도 그만큼 있다) 양으로 보든지 질로 보든지 세계 제일 가는 미술관이라 한다. 역대의 설삭이 많은 중에도 가장 유명한 것은 치마부에의 〈마돈나〉와 조토의 〈마돈나〉, 보티첼리의 〈비너스의 탄생〉, 〈봄〉, 미켈란젤로의 〈성가족〉, 안드레아Andrea의 〈마돈나〉, 라파엘로의 〈마돈나〉, 티치아노의 〈베네치아와 연애〉, 리피Lippi의 〈마돈나〉, 프론폰다발레의 〈예수 탄생〉 등이다. 과연 그들의 그림은 입으로는 말을 하는 듯하고, 눈으로는 웃는 듯 혹은 우는 듯하며, 살은 뛰는 듯하고, 피가 끓는 듯하였다. 너무 많아서 보고 나니 모두 그것이 그것 같다. 그 확실한 드로잉, 단순한 듯하고도 복잡한 색채, 명암의 조화, 입이 벌어질 뿐이었다. 미켈란젤로의 작품인 〈낮과 밤〉 〈여명과 황혼〉 대리석 조각도 있다.

〈아아, 자유의 파리가 그리워〉에서 《삼천리》 1932. 1

로마 시스티나 성당에서 미켈란젤로의 천정화 앞에 섰을 때, 스페인에서 천재 고야의 무덤과 그가 그린 천정화 앞에 섰을 때, 나에게 희망 이상이 용출하였다. 이와 같이 내가 많은 그림을 본 후의 감상은 두 가지다. 첫째, 그림은 좋다. 둘째, 그림은 어렵다. 내게 이 감상이 계속되는 동안에는 그림은 늘 수 없으리라고 믿는다. 그 외에 나는 여성인 것을 확실히 깨달았다(지금까지는 중성 같았던 것이). 그러고 여성은 위대한 것이요, 행복한 존재임을 깨달았다. 모든 물정이 여성의 지배하에 있는 것을 보았고 알았다. 그리하여 나는 큰 것이 존귀한 동시에 작은 것이 값있는 것으로 보고 싶고, 나뿐 아니라 이것을 모든 조선 사람이 알았으면 싶다.

도버 해협을 건너다

7월 1일 오전 10시 36분에 파리 생라자르 역을 출발하여 오후 1시에 도버 해협을 건넜다. 연락선을 타고 5시 10분에 뉴헤븐, 즉 영국 땅에 내렸다. 입국하기가 매우 까다로웠다. 여권과 짐 조사가 심하였다. 기차를 타고 6시 43분에 빅토리아 역에 도착하였다. 미리 와 있던 남편과 Y군이 맞아주어 매우 반가웠다.

시가지에서 눈이 띄는 것은 2층으로 된 전차와 붉은 버스였다. 건물은 낮고 가벼워 보인다.

정원 없는 집이 없는 런던

런던 건물은 퇴락한 회색 벽돌집이 많고, 오래 된 도시라서 정돈이 되지 아니하여 집은 되는 대로 아무렇게나 꾹꾹 박아놓은 것 같았다. 시가지는 각각 그 계급에 따라 상업 중심지, 정치 중심지, 공업이나 농업, 또는 부자나 가난한 사람 거주지로 구별되어 있다. 도로는 전부 캐나다에서 가져온 토목土木으로 깔았다. 시내에는 전차가 없고, 시외에만 있다. 2층 버스가 무수히 왕래하고, 지하철도 있다. 시민 7백만 명의 주택은 모두 별장식이요, 정원 없는 집이 없다. 식민지에서 빼어온 것으로, 시가지 시설이 모두 풍부하다. 곳곳에 공동변소는 지하실로 되어 있다.

공원은 전부 돈 덩어리다. 도로만 남겨놓고 잔디며 화초를 기르는 규모가 컸다. 하이드 파크는 런던 중앙에서 조금 서북쪽에 있다. 버킹엄 궁전 광장에 연속한 그린 파크와 피카딜리 거리에서부터 반대 방향 켄싱턴 가든으로 이어진다. 자작나무, 떡갈나무, 느티나무 등이 많고, 그 아래는 전부 잔디여서 남녀 청년들이 서로 끼고 드러누운 모습이 마치 누에가 잠자는 것 같다. 통행인은 별로 놀라는 일도 없이 너는 너요, 나는 나라는 태도로 지나간다. 일요일에는 유명한 야외 연설이 열리는데, 청중은 평정심을 갖고 이지적인 비판은 하지만, 감정적으로 흥분하지는 않는다. 공원에 왔다는 느낌보다 교외 시골마을에 온 듯한 느낌이 생긴다.

큐Kew 가든은 세계적으로 손꼽는 공원이다. 자연을 그대로 두고 꾸며놓았다. 세계에서 제일 크고 좋다는 식물원이 있다. 온실에는 무성하게 배양한 거대한 파초, 종려 등이 있으며, 로즈 가든에서는 향기가 뿜어 나오고, 힘차게 자란 녹음방초며 깎은 머리 같은 수풀 모두가 풍부한 맛이 돈다. 이 공원은 조지 3세가 한 귀족의 정원을 사서 그것을 이궁으로 삼은 것이다. 영일英日박람회 때의 유물인 일본 5층탑이 보인다.

이 공원 근처에 높은 대리석 탑이 있으니, 세계적으로 유명한 시인, 화가, 법률가, 조각가 등의 조각이 있고 이름이 쓰여 있다. 우리 일행 3인(남편, Y, 나)은 2층버스를 타고 런던 중심지인 채링크로스를 지나, 중국반점에서 저녁을 먹으며 피곤한 다리를 쉬었다.

켄싱턴 가든은 하이드 파크와 인접하며, 옛날에는 귀족 공원이었다. 고목이 울창하고 동물원, 왕립 식물원이 있다.

세인트제임스 공원은 버킹엄 궁전 전면에 있으며, 규모가 작으나 곳곳에 광장이 많다. 영국 왕실의 이궁으로 사용된 그득한 깊이를 지닌 공원이다. 학생들을 데리고 와서 야외수업을 하거나 테니스, 크리켓 등의 시합이 벌어진다. 여경이 이리저리 순회하고 있다.

뒤떨어진 영국 미술

로열 아카데미는 근대회화를 진열해 놓은 곳이다. 로열 아카데미에서 입상한 그림을 모아두었다. 인상파의 영향을 많이 받은 것 같지만, 프랑스에 비하면 1세기쯤 뒤떨어진 느낌이다.

빅토리아 앨버트 미술관은 여왕과 여왕 남편의 위세와 덕을 기념하기 위해 건설하였다. 소품이 많았다. 주의해 볼 것은 풍경화의 시조로 프랑스 19세기 인상파에 큰 영향을 끼치고 미술사상 저명한 지위를 가지고 있는 컨스터블Constable의 작품이다. 광선의 방향과 구도와 색채가 활기 있었다. 컨스터블의 그림을 모사하기 위해 여러 차례 방문하였다.

대영박물관은 170년 전에 한스 슬론Hans Sloane의 소장품을 사서 국유로 만든 것이 기초가 되어 설립되었다. 이집트, 그리스, 로마, 일본, 중국 유물이 많이 수집되어 있다. 특히 그리스 조각이 많다.

존 컨스터블, 〈스톤헨지〉.
빅토리아 앨버트 미술관에 소장되어 있는 이 작품을 비롯한
컨스터블의 작품을 모사하기 위해 나혜석은 여러 차례 방문하였다.

내셔널 갤러리는 프랑스 루브르만큼 크다. 역대 이탈리아 미술이 많고, 현대 여러 나라의 작품을 많이 수집하였다. 그중에는 라파엘로의 〈마돈나〉, 렘브란트의 〈노파〉, 다빈치의 〈암굴의 성모〉, 반다이크의 〈두건 쓴 노인〉, 티치아노의 〈삼림 속의 희롱〉, 고야의 〈처녀〉, 그레코의 〈초상화〉도 있고, 틴토레토의 그림도 많았다.

영국 회화 중에서는 초상화를 세계적으로 인정한다. 국립 초상화 갤러리에는 초상화가 약 3천 점 소장되어 있다. 모두 세밀한 그림이다. 진열 방법과 이용 방법이 교묘하며, 풍부한 표본과 수집에 놀랐다.

웨스트민스터 사원과 윈저 성

웨스트민스터에는 유명한 국회의사당과 사원이 있다. 웨스트민스터 사원은 역대 왕과 위인들의 묘로 가득하다. 그중에는 셰익스피어의 묘도 있다. 또 여기서 역대 왕의 대관식을 거행한다.

템스 강 밑을 뚫은 터널을 지나 그리니치 천문대를 찾아갔다. 지구의 영도零度(경도의 원점)가 영국,

즉 그리니치 천문대를 지나간다. 정문 앞에 표준시계가 걸려 있고, 각 별을 관측해 시간을 맞추는 큰 망원경이 설치되어 있다. 베개를 베고 드러누워 관찰할 수 있다.

윈저 성은 런던 서쪽 약 20마일 지점의 높은 언덕 위에 자리한 이궁이다. 14세기에 지은 석조石造 건물이다. 전방은 템스 강에 면해 있다. 원래 사원이었는데, 빅토리아 여왕이 태어난 곳이다. 문을 들어서면 여왕을 기념하기 위해 지은 예배당과 성 조지 예배당이 있고, 나폴레옹 1세의 침실도 있다. 각국 황제가 여기서 숙박한다.

남편이 하기 강습회에 참석해야 해서 옥스포드를 찾아갔다. 옥스포드는 오랜 학문의 도시인만큼 건물이 퇴락하고, 그리스, 로마식 사원이 곳곳에 보인다. 따뜻한 시가지로 인상이 느껴졌다. 케임브리지는 가보지 않았으나, 두 학교 모두 조정, 연극, 음악을 잘한다고 한다.

우리가 묵는 집 과부 여주인은 구세군 신자였다. 집에 대령, 중령이 거주하고, 출입하는 사람들도 구세군 신자들이 많았다. 그래서 자연스레 그들을 따라 주일날 구세군 본영을 구경하게 되었다. 구세군은 1863년 영국에서 처음으로 부스 대장이 군인 제도로 만든 것이다. 물론 포교가 목적이나, 사회사업도 많이 한다. 병원도 있거니와 타락한 여자들이 낳은 사생아를 위한 고아원도 운영한다. 일본인 야마무로 군페이 씨의 딸이 이곳 간사로 있어 방문한 일이 있다.

영국 여성 참정권운동

영국인은 말수가 적고, 침착하고, 고상하고, 자제력이 많다. 규칙적이고 활동력이 뛰어나며, 의지가 강하다. 외부에 대하여 자기를 긍정하는 분투적 정신을 지니고 있으며, 타인에게 좀처럼 굴복하지 않는다. 공리공상을 즐기지 아니하고, 언제든지 실제적 이익을 위해 행동한다. 자기이익뿐 아니라 공공의 이익을 중하게 여긴다. 영국인은 수집욕이 많아서 어릴 때부터 세계 우표와 화폐를 모은다. 또 담뱃갑 속에 한 장씩 들어 있는 명승지의 사진도 모은다.

런던에는 걸인이 많아 곳곳에서 성냥을 들고 돈

을 구걸한다. 악기를 가지고 연주하기도 하고, 길바닥에 앉아 색연필로 셰익스피어의 시를 쓰거나 새 따위를 그려 행인에게 보이고는 돈을 달라고 한다.

런던에는 술집이 많은데, 손님의 절반은 여자이다. 런던의 명물은 짙은 안개이니, 한낮에도 캄캄하여 전차 통행이 정지되곤 한다.

내셔널 갤러리 앞에는 영웅 넬슨 제독[24]의 동상이 높이 자리하고 있다. 광장 좌우는 해군성, 외무성, 내무성, 인도印度성, 상공무성, 육군성, 재무성, 농업국, 수산국, 지방정무국이 둥지를 틀고 있다. 경찰청 입구에서는 절도 있는 몸가짐과 정숙한 태도의 기마경찰이 왕래를 감시하는데, 훌륭한 구경거리를 제공해 준다. 수상 관저는 '10'[25]이라고 하면 누구나 다 안단다. 옥스포드 거리가 유일한 광장이며, 건물은 모두 매연 때문에 고색창연하다. 프록코트를 입고 실크해트를 쓴 사람의 대부분은 증권거래소 관계자, 외교관, 관공서에 출입하는 소위 젠틀맨이다.

---

24 영국 해전사에 큰 공적을 남긴 해군 제독.

25 수상 관저가 다우닝가 10번지이기 때문이다.

템스 강은 맑은 물일 줄 예상하였더니 흐린 물, 흑색 물이라서 놀랐나.

내가 런던에 체류할 동안 영어를 배우기 위해 여선생 하나를 정했다. 막 60여 세가 된 처녀로 어느 초등학교 교사요, 독신생활을 하는 원기 있는 좋은 할머니였다. 팽크허스트Pankhurst 여성 참정권운동연맹 회원이요, 당시 시위운동의 간부였다. 지금도 여자의 권리 주장만 나오면 열심이다. 그는 이러한 말을 한다.

"여성은 좋은 의복을 입고 맛있는 음식을 먹는 것을 줄여 저축하여야 한다. 이것이 여성의 권리를 찾는 운동의 제1조이다."

나는 이 말이 늘 잊히지 아니하였다. 영국 여자들의 앞선 깨달음에 존경을 보내지 않을 수 없다.

8월 15일에 파리로 다시 돌아갔다.

〈영미 부인 참정권 운동자 회견기〉에서 《삼천리》 1936. 1

영국 팽크허스트 여성 참정권운동 단원이 내가 영어를 배우던 선생이라서 그와 여성 문제에 대한 문답을 나누게 되었다.

나혜석 : 참정권 운동은 누가 제일 먼저 시작했습니까?

S : 영국 여권운동의 시조는 포세트Fawcett* 부인이고, 제2세가 팽크허스트* 부인입니다. 이이가 처음으로 시가지 시위를 벌이기 시작했습니다. 40년 전에 만 명의 여성이 앨버트 홀까지 거리 행진을 했지요. 이때는 내가 어렸고, 우리 어머니가 참가했습니다.

나혜석 : 깃발에는 뭐라고 쓰여 있었나요?

S : '여성의 독립을 위해 싸우자' '여성의 권리를 위해 싸우자'였습니다.

나혜석 : 물론 많이 잡혔겠지요?

S : 잡히고 말고요. 모조리 잡혀 들어가서 금식 동맹을 하고 야단났었지요.

나혜석 : 회원의 표지는 어떤 것이 있나요?

S : 있지요. '여성에게 투표를'이라고 쓴 배지를 모자에 달고,

띠를 두르지요. 이것이 그때 두른 것입니다.

부인은 노란색 글자가 쓰여 있는 다 낡은 남빛 띠를 보여주었다.

나혜석 : 이것 나 주십시오.

S : 무엇하시게요?

나혜석 : 내가 조선 여권운동의 시조가 될지 압니까? …

* Millicent Garrett Fawcett. 19세기 후반 영국 여성 참정권 운동의 지도자.
* Emmeline Pankhurst. 여성사회정치동맹WSPU을 결성해 딸들과 함께 여성참정권 운동을 주도함.

정열의 스페인행

투우

8월 25일 오전 9시에 스페인을 향하여 떠났다. 다음날 아침 9시에 스페인 피서지로 유명한 생세바스티앙에 도착하였다.

시가지 가운데 해안이 있어 시설이 굉장하였다. 타마루라는 나무 가로수가 자못 유연한 맛을 주며 아름답다. 평상시는 시민이 5만 명인데, 여름철에는 두 배가 넘어 호텔마다 만원이다. 호텔 음식은 올리브 기름 요리가 많아 비위가 상하였다.

스페인의 투우는 다 아는 바와 같이 유명하다. 뿔 돋은 소를 캄캄한 창고 속에 넣어 두었다가 문을 여니, 뛰어나와 사방으로 기세 좋게 뛰어다닌다. 우선

〈스페인 국경〉

말을 탄 투우사가 두세 차례 창으로 찌른 다음, 금은색 옷과 모자를 쓴 투우사가 빨간 보자기를 들고 색종이로 만 꼬챙이를 상대 소의 등에 꽂는다. 다시 칼을 가지고 숨구멍을 찌르면 소는 발광을 치다가 피를 토하고 거꾸러져 죽는다. 아, 그러면 관객들은 악을 쓰고 손바닥을 친다. 귀부인에게서는 화환이 떨어지고 북적북적한다. 만일 소가 죽지 않을 때는 사람이 진 것이 되어, 관람석으로부터 방석이 풀풀 날아 투우사를 때리며 외친다. 때에 따라서는 투우사 서너 명이 죽어 나가는 수가 있단다. 아, 유순하고 정직하고 근실한 소는 기묘한 사람의 기술에 놀림을 받아 최후를 마치고 만다.

다음날에는 종일 비가 와서 오전에 해수욕 좀 하고 방 속에서 지냈다. 밤 9시에 떠나 수도 마드리드로 향하였다.

마드리드에서 만난 동양 색채

오전 9시에 마드리드에 도착하여 내셔널 호텔에 투숙하였다. 스페인은 지리상으로 유럽 서편에 있으나, 고대의 신화나 피부상으로는 유럽이라고 할 수 없다. 이베리아 반도는 생기기가 소와 같고 또 바다에 둘러싸여, 여러 나라가 침입하기 쉬웠다. 그리하여 스페인이 세계로 통하는 관문이 되었고, 르네상스 이후는 아메리카 항로의 중심지가 되었으며, 항상 전쟁터가 되곤 하였다.

스페인 사람은 다른 나라 사람과 달리 지리적 영향으로 세계의 문이 되어 오고 가고 하는 인종이 많았고, 전쟁이 많았던 관계로 그리스인, 로마인, 보헤미아인 등과의 잡종이 많았다.

스페인 여자는 머리에 모자를 쓰지 않고 검은색 망사를 쓴다. 머리가 검고 키가 작으며 얼굴이 둥글고 푸근하며 검고도 열정 있는 눈이 검은 망사 속으로 이슥이 비쳐 보이는 것이 말할 수 없이 아름다웠다. 스페인 여자는 반드시 사랑의 보답을 한다는 전설도 들은 바 있어 더욱 유심히 보였다.

아카시아 숲 위로 청람색 강한 광선이 내리쬐고, 그 사이로 흰 석조건물이 보인다. 파초가 늘어진 속에 여신 동상이 곳곳에 서 있고, 기염 차게 물을 토하는 분수 가에서는 웃통 벗은 노동자와 어린이들이 한창 무르익은 메론을 벗겨 들고 앉아 맛있게 먹고 있다.

아직도 원시적 기운이 강하고, 도로에는 흙먼지가 폴폴 날린다. 유럽에서는 보지 못하던 동양적 색채가 느껴진다. 마차가 많고, 노동자가 많으며, 걸인이 많다.

미대륙을 발견한 콜럼버스가 스페인 사람[26]이요, 오페라로 유명한 카르멘이 스페인 여자다.

스페인의 예술은 매우 다채롭다. 지리상으로 또는 다른 이유로 여러 종족이 침입한 까닭이다. 작품을 후대에 전하는 노력을 게을리 하지 않았을 뿐 아니라, 왕왕 천재가 나서 세상을 놀라게 한다. 고대부터 여러 가지 미적인 싹을 틔운 이래, 중세 암흑시대에 조그마한 불꽃을 가졌다가, 근세에 와서는 지도자가 되었다. 유럽 각국이 침잠할 때 스페인은 큰 화가를 가져 매우 풍요로웠다. 스페인 그림은 강하고도 매혹적이었다. 또 형용할 수 없이 신비했다.

고야Goya는 몇 천 년 전 스페인 조상이 가졌던 원시적 생명력과 환상을 현대에서도 주장할 만하다는 것을 증명하였다. 우리는 그러한 오리지널이 없지만,

26 콜럼버스는 스페인 이사벨 여왕의 후원을 받아 새로운 항로 개척에 나섰지만, 출신지는 지금의 이탈리아 제노바였다.

스페인 회화는 역사적 계통이 확실함을 분명히 말할 수 있다.

14세기 때는 동방의 영향을 많이 받았다. 그 뒤 천재 그레코El Greco가 나서 뒤를 이었고, 후대 화가 중에는 이탈리아 피렌체 파의 영향을 크게 받은 사람도 있다. 후앙 2세 때는 전반적인 기류가 이탈리아로 유학을 떠나는 것이었다. 그리고 로마 교황이 대화가를 외교관으로 임명해 스페인에 보냈다. 마침내 18세기는 국민적 예술의 전성시대가 되어, 이탈리아와 프랑스 화가들이 스페인으로 배우러 왔다.

명소 중에 하나인 마드리드 궁전Palacio Real 구경을 갔다. 규모가 그다지 크지는 아니하나, 내부의 치장은 역시 아름다운 것이 많았다. 사방 벽이 모두 자수요, 훌륭한 천정화도 많았다. 식당 문에 유명한 돈키호테의 한 장면이 직물로 수놓여 있다. 나오다가 사원 하나를 보았다. 예배실이 여섯인데, 중앙 회당에는 예수의 사적이 그려져 있다. 출입문에도 아름다운 나무 조각이 새겨져 있다.

고야의 묘는 시외에 있다. 전차를 타고 찾아 갔

〈스페인 항구〉

다. 전에는 사원이었는데, 고야의 걸작 천정화가 그려져 있다. 세계인이 모여들자, 고야에 시체를 여기에 옮겨 놓고, 옆에 이와 똑같은 사원을 지어 놓았다. 중앙은 묘요, 좌우 예배실에는 고야의 걸작 〈설교자의 군중〉이 그려져 있다. 필리페 4세가 호색가여서 어느 사원에 미인이 있다는 말을 듣고 침입하려고 할 때에 사제가 십자가를 들고 막는 그림이다.

고야는 숯 장사의 아들로 바위에 숯으로 그림을 그리고 있었다. 그의 재능을 알아본 어느 사제가 거두어 그를 공부시켰다. 열다섯 살 무렵부터 방탕의 길로 빠져 여자로 인해 살인까지 하였다. 이탈리아에도 가고, 투우사도 되고, 갖은 짓을 다 하였다. 그래서 그의 작품 속에는 유순한 것과 비참한 것이 함께 들어 있다. 그림에 이 같은 것이 잘 표현되어 있다.

고야는 만년에 시력이 쇠약해지고, 귀머거리가 되고, 궁핍하였다. 판화를 그리려고 조국을 떠나 멀리 적막한 남프랑스 보르도에 우거하였다가 1828년 4월에 파란 많은 삶을 마쳤다. 그의 나이 82세였다. 그는 죽었다. 그러나 살았다. 그는 없다. 그러나 그의 걸작은 무수히 있다. 나는 그의 묘를 보고 아울러 그의 걸작을 볼 때 이상이 커졌다. 부러웠고 또 나도 가

능성이 있을 듯이 생각 들었다. 내 발길은 좀체 떨어지지를 아니하였다. 내가 이같이 감흥해 보기는 일찍이 없었다.

밤에는 극장을 찾아 갔다. 길도 거의 알다시피 하여 차츰차츰 찾아간 것이 옳게 들어섰다. 극장 근처에는 너절한 사람이 많고, 궤짝 위에 물건을 올려놓고 파는 행상인도 무수하였다. 마치 조선의 전라도나 경상도 같았다. 극장 문이 열리니 서로 앞을 다투고, 악을 쓰고, 떼밀고 야단이다. 또 유아들을 데리고 와서 울고 짜고 한다. 유럽 다른 곳에서 보지 못하던 모습이다.

극은 구극舊劇이었다. 중국 의복과 흡사하고, 소리를 빼서 노래하는 것은 일본 나니와부시 같은 감상이 들었다. 스페인 춤으로 유명한 캐스터네츠 춤(나무통을 두 손에 들고 딱딱 소리를 내며 추는 춤)도 있었고, 깍지를 껴서 추는 춤도 있었다. 역시 유럽 다른 나라에서 보지 못하던 것으로 이채로웠다.

프라도 미술관 인상기

파리 샹젤리제를 모방하였다는 카스테야나 거리를 동쪽으로 걸으면, 시벨레스 광장 가까이에 아토차역 지붕이 보인다. 국왕의 대관식과 결혼식을 행하는 산 헤레니모 사원의 첨탑 뒤편은 레티로 공원이다.

푸른 나무 숲 사이로 붉은 연와煉瓦와 백색 수성암으로 지은 높은 건물이 보인다. 유럽에 삼대 미술관이 있으니, 파리 루브르, 런던 내셔널 갤러리, 마드리드 프라도 미술관이다. 입구 정면에 고야의 동상, 그리고 측면에 벨라스케스Velázquez의 동상이 서 있다. 중세기 말까지 이곳은 버려진 땅이었다. 그후 왕족, 귀족 들이 산보하는 곳, 귀족의 딸과 공작들이 아름다운 사랑을 속삭이는 장소가 되었다. 카를로스 3세가 현재의 미술관을 건설하였다. 엘 그레코, 벨라스케스, 고야 등의 천재가 차례로 배출되어 세계에 드문 명미술관이 만들어졌다. 양으로나 질로나 실로 세계적인 미술관이다.

마드리드는 다른 도시와 같이 내놓을 만한 사원도 없고 전설도 역사적인 것도 없지만, 이 도시를 찾아 세계인이 모여드는 것은 오직 프라도 미술관이 있는 까닭이다.

미술관 안에 발을 들여놓을 때 과도한 기대로 심장이 뛰었다. 가벼운 충동이 내 몸속을 퍼져나갔다. 현재 스페인이 가지고 있는 가장 위대한 작품은 다 이 건물 안에 있는 것 아닌가. 만약 뛰어난 천재 벨라스케스, 고야, 그레코, 그 외 수많은 명장의 걸작을 잃을 것 같으면 스페인은 무엇을 가지고 자랑하려는고.

정면으로 들어가면 긴 방이 보인다. 왼편에는 이탈리아 실이 있어 라파엘로의 그림과 다빈치의 〈조곤다〉가 있다. 고대화 전시실은 지하실이요, 정면 전시실에는 스페인이 낳은 천재들의 작품이 전시되어 있다. 벨라스케스의 〈궁정 생활〉 〈기록〉 〈음울한 사제〉를 비롯하여 엘 그레코의 신비적인 그림, 고야의 피 흘리는 전쟁화 모두 옛 시대의 생활기록이지만, 현재 우리와 같은 심사를 가졌고, 고통을 겪었고, 감격하며 삶을 살아왔다.

고야의 그림은 〈취한 여자의 나체〉 〈1808년 5월 3일 사건〉 〈십자가 위의 예수〉 등이 있다. 어떤 일본인이 고야의 그림을 모사하려고 3년 동안을 다녔으나 카피하지 못하였단다. 실로 고야의 위대한 솜씨는 종래의 회화에 대한 도전이요, 신시대의 새벽을 알리는 종소리였다. 전시실 가운데서 조용히 사방을 보면 장엄 정숙한 감이 생기며, 우리의 마음을 현세에서 벌리 떠난 별세계로 끌고 간다.

그레코는 우리가 사는 세계의 인물과 사물을 그리지 않았다. 사람의 영혼을 그렸다. 그러므로 그레코의 그림은 육안으로는 알 수 없고, 마음으로 감상하여야 한다. 그는 흑색을 많이 썼다.

그레코는 고야보다 2백 년 전에 나서 미켈란젤로와 라파엘로의 전설을 제일 먼저 깨뜨렸다.

톨레도를 찾아

톨레도는 마드리드에서 기차로 1시간 간다. 스페인의 오래된 도시일 뿐 아니라, 그리스 출신의 화가 엘 그레코가 살던 곳이다. 세계 각국 사람들이 스페인 미술을 찾아올 때는 반드시 이곳에 들른다. 그레코의 독특한 필법을 감상하고 혹 배워가는 사람이 해마다 증가한다.

그레코가 살던 집은 전시관이 되어 있다. 그의 작품이 무수히 진열되어 있다. 어느 사원에서 그레코의 걸작 하나를 구경하였다. 톨레도에는 그림 아카데미도 있다.

톨레도는 고대 건물 사원이 많고, 아라비아인이 6백 년 동안 살던 집들도 있다. 길가에 쓰러져가는 집이 하나 있는데, 돈키호테가 살던 집이라고 한다. 어딘지 모르게 스페인은 신비적 냄새가 흐른다. 유럽 다른 나라에서 보지 못하던 남청색 하늘 뜨거운 햇볕 아래 흙을 밟으며 돌아오자니, 멀리 보이는 고성이 마치 그리스 건물 같았다. 푸르게 흐르는 강물 좌우편에는 무슨 이상스러운 토벽土壁 문이 있고, 부근은 절경을 이루고 있었다.

오후 7시 차로 마드리드로 돌아갔다. 얼마나 유쾌한 하루였던고. 다음날 아침 오전 9시에 마드리드를 떠나 프랑스로 향하였다.

〈스페인 해수욕장〉

대서양을 건너 미국으로

귀국을 준비하다

차 속에는 스페인 사람이 많았다. 어찌 말이 많은지 몰랐다. 스페인 사람은 대부분 말이 많다고 한다.

우리는 이제부터 본국으로 돌아갈 준비를 하게 되었다. 배표를 사고 날짜를 조사해 놓았다. 세월도 빠르다. 어느덧 일 년 반이 지나갔다. 구경도 많이 하고 돈도 많이 썼다. 대체 얻은 것이 무엇인가. 아직 비빔밥 같아서 정신을 차릴 수 없다. 이곳에 머무는 동안 이용할 수 있는 대로 최선을 다한 것은 자신에 부끄러움이 없다.

누구든지 파리에 와 있다가 파리가 좋은 곳인 줄 아는 날은 떠나기 싫어한다. 그리하여 먹을 돈은 없고 가기는 싫고 하면 갖은 참극, 비극이 다 생긴다. 그런 사람들은 무책임하고, 기분대로 살며, 남을 속이고 빼앗기를 예사로이 한다. 파리 자체는 아름다운 곳이나, 외국인들이 버려놓는 것이다. 과연 파리 인심은 자유, 평등, 박애가 충분하여 누구든지 유쾌히 살 수 있다. 이곳을 떠날 때는 마치 애인 앞을 떠나는 것 같다.

나는 파리를 다 알지 못한다. 그러나 떠나기가 싫었다. 좀 더 머물며 그림 공부를 하려다가 여러 사정으로 아메리카를 들러 돌아가기로 작정하였다.

9월 17일 오전 9시 50분에 생라자르 역에서 몇몇 지우의 전송을 받으며 미국을 향하여 떠났다. 얼마나 많이 파리 소식이 귀에 젖고, 얼마나 많이 파리를 동경하였던가. 그것도 모두 과거가 되고 말았다.

오후 3시 반에 르아브르에 도착하였다. 오후 5시 40분에 작은 배를 이용해 세계에서 두 번째로 큰 머제스틱 호(첫 번째는 일드프랑스 호)에 승선하였다. 7시 반경에 미국 뉴욕을 향해 출발하였다.

머제스틱 호에서 지낸 생활

머제스틱 호는 무게 56,621톤에 총정원이 2,936명이다. 1등실 870명, 2등실 730명, 3등실 1,336명이고, 일등실은 다시 A, B, C, D, E, F의 등급으로 나뉜다. 선실에는 침대, 옷장, 테이블, 긴 의자, 작은 의자, 세면기가 갖추어져 있고, 남녀 승무원을 부르는 벨이 달려 있다. 곳곳에 응접실, 끽연실, 오락실, 레스토랑, 유희실, 수영장, 어린이 유희실, 도서실이 있고, 예배당도 있어 큰 호텔 같은 느낌을 준다.

배 안에는 승객들이 소일하는 유희 기구가 구비되어 있다. 이틀에 한 번씩 경마가 열린다.(예쁜 여자들이 서로 색깔이 다른 모자를 쓰고 나와서, 한 여자가 번호 부르는 대로 만든 말을 옮겨놓아 먼저 떨어지는 자가 승리한다.) 댄스, 활동사진, 연극을 즐기고, 테니스, 탁구, 고리 던지기, 실내 골프, 당구, 바둑, 체스, 카드, 마작도 할 수 있다. 낮에는 낮대로 놀고, 밤에는 밤대로 놀 수 있다. 과연 그들은 싱싱한 신체로 유쾌히 논다. 어느 것 하나 부럽지 않은 것이 없다.

날씨가 명랑하여 위아래 하늘빛이 푸른데, 검은 파도 사이로 군데군데 흰 물거품이 인다. 웅장한 머제스틱 호는 그 사이를 뚫고 7일간 기운차게 달린다. 23일 오후 2시에 미합중국 뉴욕 항구에 도착하였다. 장덕수 씨와 윤홍섭 씨가 맞아주어 반가이 만났다. 밤에는 인터내셔널 하우스에 가서 김마리아 선생을 만나 반가웠다.

하늘을 수직으로 보는 도시, 뉴욕

뉴욕은 허드슨 강 하구 중앙에 자리한 작은 섬으로, 지리와 풍치가 모두 뛰어난 양항良港이다. 처음에는 네덜란드 식민지여서 뉴암스테르담이라고 일컫던 것이 나중에 영국에 양보하면서 뉴욕이라고 바꾸어 불렀다. 백 년 전에는 인구가 겨우 십만에 불과하고, 시가는 맨해튼 섬 남쪽 일부에 불과하던 것이, 지금은 이 섬 전체와 허드슨 강 대안의 브루클린 등 주변을 병합하여 대뉴욕으로 성장하였다.

뉴욕은 인구가 9백만 명 되는 세계에서 제일 큰 도시이다. 동시에 세 사람 앞에 자동차가 1대씩이라 하니 자동차 많기로도 세계 제일이요, 건물 높기로도 세계 제일이며, 돈 많기로도 세계 제일이다. 세계 제일이 무수하며, 세계 제일인 것을 자랑하는 곳이다.

도로가 남북과 동서로 뚫려 있어 걷기가 매우 쉬우나, 좌우에 수십 층 건물이 늘어서 있어 하늘을 수직으로밖에 볼 수 없다.

뉴욕은 북미의 상업과 재계 중심지인 동시에 세계 상업 및 금융의 중심지이다. 상공업이 활발한 것, 선박 출입이 빈번한 것, 무역의 규모가 큰 것, 모두 세계 제일 가는 곳이다. 시내 대형 건물 가운데 30층 건물이 20여 개에 이르는데, 그곳에서 일하는 사람만 2만여 명이다. 능히 하나의 작은 도시를 이루고 있다. 시의 중추인 맨해튼과 롱아일랜드 사이에 가설된 4대 철교는 길이가 20정町 내외로, 군함이 다리 밑으로 자유로이 출입한다. 미국은 비행기가 우편물을 배달한다. 모든 사업에 세계 제일을 표어로 하는 미국인은 참으로 문명정수를 자랑하는 대도시를 여기 건설하였다.

구경할 곳은 많으나, 그 중 센트럴 파크, 리버사이드 공원, 그랜트 장군 묘지, 문호 워싱턴 어빙Washington Irving의 생가, 동식물원, 극장 등을 꼽을 수 있다.

뉴욕은 유럽 각국에서 이주하여 온 민족이 많아서 자못 복잡하다. 광대한 토지, 풍부한 물자, 희박한 인구, 자유스러운 공기가 유럽 사람들을 끌게 되었다.

미국인은 진취적 모험의 기상이 있으며, 부를 획득하려는 욕구가 왕성하고, 독립 자유심이 크다. 평등을 주장하며, 노동을 귀히 여기고, 기계 이용을 잘하고, 공동작업을 중시한다. 쾌활하고 낙관적이며, 해학을 좋아한다.

김마리아[27] 선생을 만나기 위해 인터내셔널 하우스를 찾아갔다. 우리 숙소 가까이에 있었다. 유명한 록펠러 씨가 세계 각국 유학생을 위해 건설한 기숙사이다. 설비가 완전하며, 분위기가 코즈모폴리턴적이었다. 컬럼비아 대학에는 조선인 유학생이 많다. 도서관, 기숙사 등의 시설이 커서 수천 명의 학생을 수용하고 있다.

울워스Woolworth 빌딩[28]은 57층이다. 일명 마천루

27 독립운동가. 동경 2·8독립선언과 3·1운동에 참여해 옥고를 치름. 병보석중 탈출해 미국으로 유학. 같은 사건에 나혜석도 함께 참여.

28 1930년 크라이슬러 빌딩과 1931년 엠파이어스테이트 빌딩이 준공되기 전까지 세계에서 가장 높은 빌딩. 나혜석이 뉴욕을 방문한 1928년에 두 빌딩은 없었다.

라 하여 뉴욕의 독특한 장관을 이루고 있다. 지상으로 솟은 높이가 750척이다. 엘리베이터로 정상에 올라가 보니 아랫집들은 마치 성냥개비 올려놓은 것 같았다.

메트로폴리탄 박물관에는 미켈란젤로의 조각이 많고, 고대 회화도 많았다. 현대화는 프랑스 그림이 적지 않다. 미국 사람의 작품이 영국 것보다 솜씨가 나아 보였다. 저녁에는 조선 예배당에 가서 김치시레기 국을 먹었다.

루스벨트 기념일이라 하여 루스벨트 대통령의 생가를 구경 갔다. 각처에서 보내온 축전을 낭독한 다음, 루스벨트 누이의 강연을 위시하여 내빈들의 연설이 이어졌다. 마침 대통령선거 투표가 있어 투표하는 구경을 할 수 있었다. 투표소는 우리 집에서 지척이었다.

《뉴욕타임스》는 뉴욕 제일 신문사일 뿐 아니라, 미국 전체에서 가장 큰 신문사다. 이 날은 각지에서 보내오는 투표 집계표를 이 신문사 외벽에 부착하고 있었다. 무려 수만 군중이 입추의 여지없이 들어서 후보자의 이름과 투표 수효가 발표될 때마다 박수를 치고, 갈채를 보내고, 고함을 질렀다. 어떤 여자는 엉엉 소리쳐 울었다. 최후의 승리는 누구에게 이를는지.

지우 한 사람과 함께 시외에 있는 공원Prospect Park에 놀러 갔다. 동식물원이 함께 있는 공원에서 하루를 유쾌하게 산책하였다. 파라마운트Paramount 활동사진관은 수용하는 인원수와 건물 크기가 세계 제일이라고 한다. 내부 치장이 형언할 수 없이 좋았고 규모가 컸다. 파라마운트사에서 만든 모든 영화는 세계 각국에 배급된다.

자유의 여신상은 뉴욕 항구 입구에 세운 여신의 동상이다. 하늘 높이 서 있다.

서재필 박사를 만나다

뉴욕 펜실베이니아 역에서 워싱턴을 향해 떠났다. 미국 기차는 등급이 없고, 한 사람 앞에 의자가 하나씩이다. 철로 주변은 중부 지방과 달리 삼림도 있고, 인가도 있다.

도중 큰 도시는 필라델피아, 볼티모어 등이다. 기차가 서는 역도 적고, 기차 안의 승객도 적었다. 미국 농촌은 유럽과 비교하면 적막하다. 워싱턴 정거장은 깨끗하였다. 호텔에 투숙한 다음 한소제 씨와 김도연

씨를 만났다.

세상은 좁고, 사람은 가깝다. 여기저기서 친한 친구를 만나게 된다. 우리 일행 한소제 씨 부부, 우리 부부, 김도연 씨는 한소제 씨 댁의 자가용 자동차로 드라이브를 하였다.

가다가 멈추고 가리키는 집은 구한국시대 주미 한국공사관이었다. 조그마한 양옥 정문 위에는 태극국표國表가 희미하게 남아 있다. 이상히 반갑기도 하고 슬프기도 하였다.

스미스소니언 미술관에는 미켈란젤로의 조각 카피가 많고 그림도 많았다. 코로Corot의 작품은 본국 프랑스에 있는 것보다 뛰어난 작품이 많았다. 돈이 많은 만큼 외국 것이 많다.

링컨 기념관은 흑인 노예의 해방을 가져온 혁명가 에이브러햄 링컨을 위해 세운 대리석 건물이다. 입구 정면에 링컨의 동상이 서 있고, 정원 못에 건물의 그림자가 비치는 광경은 말할 수 없이 아름다웠다. 워싱턴 기념탑은 링컨 기념관을 마주보고 서 있는 높이 555척의 첨탑이다.

미국 대통령 관저는 전부 흰색으로 되어 있다. 그래서 백악관이라고 부른다. 이어진 부속건물에는 역

〈이국 풍경〉

대 대통령 부부의 초상화와 그들이 쓰던 기구가 있어 공개한다. 비교적 간소하다.

미국 국회의사당은 캐피톨Capitol 언덕 위에 있기 때문에 캐피톨이라고 명명하였다고 한다. 상하 양원이 있다. 실내에는 워싱턴, 링컨, 프랭클린, 콜럼버스 등의 초상화가 걸려 있고, 독립전쟁 벽화 중에는 합중국 성립 당시 헌법에 조인한 각주 대표자의 초상이 있다. 의회도서관 내에는 독립선언서와 합중국 성립시 헌법과 독립선언서에 서명한 사람들의 그림이 소장되어 있다.

의회도서관은 세계에서 제일 큰 도서관이다. 1896년에 의회에서 건설하여 1898년 12월 16일에 공개하였다.

문학책 3만 3천 권을 포함해 소장도서가 모두 141만 7,499권이요, 그림도 13만 3,597점을 보유하고 있다. 외국 책도 적지 않으며, 각 지방에 분관도 많다고 한다.

대통령이 일요일마다 예배 보러 온다는 교회당에 구경 갔다. 콩코르디아 교회였다. 대통령이 들어올 때와 나갈 때 군중은 모두 기립하였다.

워싱턴을 떠나 도중에 필라델피아에서 내렸다.

서재필[29] 박사를 만나기 위해서였다. 자동차로 시외 한적한 곳에 위치한 병원을 찾아갔다. 응접실에 앉아 기다리니 강건한 모습의 중노인 서박사가 나와 반가이 악수하여 준다. 우리는 잠깐 동안 조선 문제에 대하여 토론한 후, 병원 구경을 하고 거기를 떠났다. 뉴욕에 도착하니 밤 1시였다.

뉴욕 출발

11월 29일은 추수감사절이다. 모든 학교가 놀고, 사무실도 문을 닫는다. 그리고 칠면조를 구워 먹으며 즐겁게 논다.

작년 크리스마스는 독일서 보냈다. 금년 크리스마스는 미국서 보게 된다. 이날은 가가호호 소나무 트리에 갖은 장식품을 다해 놓고 즐겁게 논다. 박부인과 함께 제일 큰 교회당에 가서 구경하였다. 밤에는 조선 기독교회를 구경 갔다.

29 독립운동가. 갑신정변에 참여하였다가 미국으로 망명하여 의사가 되었으며, 귀국해 독립협회를 결성하였으나 곧 추방됨.

정월 12일 밤 9시 20분 차로 여러 고마운 친구들의 전송을 받으며 뉴욕을 떠났다. 친구 중 한 사람의 송별시가 이러하였다.

동쪽 하늘이 밝지 못함이여
새벽잠이 깊었도다
나무에 불이 붙지 못함이여
큰물에 오래 젖었도다
난초가 지초와 같이 남이여
초부가 모르고 버히리로다
저기 가는 한 쌍의 외로운 기러기야
쉬지 말고 바로 가라
네 뒤에 작은 배와 바람이
옷 젖을까 하노라
이름 없는 사냥꾼이 너무 많음이여
오히려 포수는 놀고 먹도다
초장에 물이 마름이여
언제나 비가 내릴꼬
냇물이 한편으로 흘러감이여
농사에 큰 방해로다

나이아가라 폭포

외로운 한 쌍의 영혼은 좁은 배속에서 하룻밤을 지냈다. 바깥 경관은 백설의 세계였다. 버펄로에서 환승하여 오전 11시에 나이아가라 폭포에 도착하였다.

이 폭포는 이리Erie 호에서 흘러온 물이 온타리오 Ontario 호로 낙하하는 장대 무변의 대비류大飛流(수면 3백 척)다.

시가지는 문인 묵객을 상대로 하는 만큼 시설이 번잡하고 교통기관이 사통팔달해 있다. 길가 상점에는 원주민의 풍속 민예품 등이 진열되어 그 원시적 예술품에 마음이 쏠리게 된다. 눈바람이 견딜 수 없이 세차고, 발이 떨어져나갈 듯하다. 우리는 택시를 타고 동경하던 나이아가라 폭포를 구경하러 나섰다. 삼림이 우거진 공원을 들어서니 삼나무에 엉켜 있는 눈이 나무 전체가 되고, 그것이 백색 삼림이 되어 장엄한 자연미를 보이고 있다.

이미 듣던 바와 같이 나이아가라 폭포의 폭은 넓기도 하고, 깊이도 가늠하기 어려웠다. 나이아가라 폭포가 된 강은 미국과 캐나다에 걸쳐 있다. 즉 미국의 이리 호 물이 캐나다 온타리오 호로 떨어져 흐르는 모습인데, 중앙에 염소 섬이 있어서 폭포를 양분하여 하나는 미국 폭포요, 다른 하나는 캐나다에 속한 말굽 폭포다. 그것이 크게 얼음판이 되고 또 고드름이 되어 있는 위로 내려 쏟아지는 광경이란 비할 데 없이 아름답다. 더욱이 밤에는 조명을 받아 갖은 찬란한 색채로 나타나는 광경이 시베리아를 통과할 때에 보던 오로라와 같은 일종의 딴 경색을 만들고 있다.

사람은 자연을 위대하게 만들지만, 그 힘이 자연에서 나오니 자연 창조로 돌아가고 만다. 거기서 우리는 새 아름다운 것을 얻고 또 볼 수 있다. 폭포의 풍광은 미국 쪽보다 캐나다 쪽이 정면이라고 하여, 여행객들은 반드시 그곳으로 구경 간다. 우리는 한 사람당 5달러씩 내고 철교, 즉 국경을 건너 영국 땅 캐나다로 가서 보았다. 과연 아름다움의 극치에 달하였다.

유럽 각국에는 어느 곳을 물론하고 조그마한 시가지라도 반드시 전시관이나 박물관이 있어, 지역의 역사와 문화를 소개한다. 이곳 나이아가라 폭포 전시관은 아메리카 인디언의 원시적 생활 모습부터 동식물, 광물 등 각종 전시물을 진열해 놓았다.

전시관에서 본 활동사진은 원주민의 원시생활 모습을 보여주었다. 백인과 원주민 추장의 딸이 혼인하

프레드릭 에드윈 처치, 〈미국 쪽에서 바라본 나이아가라 폭포〉

여 사는 내용이었다. 그들은 이렇게 말한다. 연애는 신의 불꽃이다. 모든 것을 미화하고 정화한다. 산문적인 우리에게 시를 준다. 대지에 초목의 싹을 돋게 하는 밤이슬이다. 사람의 혼에 맥박이 뛰게 한다. 인생에 빛을 비추고 희망을 준다. 연애를 체험한 사람이 아니면 참인생의 혼을 들여다보았다고 할 수 없다. 그 사람 자신이 인생을 존귀하게 살 수 없다. 아마도 참된 사랑은 영혼만도 육체만도 아니라 영혼과 육체를 아우르며 신과 인간 사이를 왕래하는 것이다.

이럭저럭 9일간이나 따뜻한 방 속에서 한가로이 요양했다. 21일 오전 7시 50분 차로 이곳을 떠났다.

시카고

시카고는 인구 250만을 가진 미국 제2의 대도시요, 세계 굴지의 대공업도시다. 미시간Michigan 호에 면하여 연안선이 길 뿐 아니라, 운하가 있고 6대 정거장이 있어 물자가 집산하고 공업이 성한 것은 뉴욕 이상이라고 한다.

시가는 구획이 질서정연하고, 지상과 고가 전차

가 종횡으로 질주하여 교통이 몹시 편리하다. 링컨 공원, 잭슨 공원 등은 세계 유수의 그윽하고 품위 있는 공원으로 꼽히며, 세계 제일이라고 일컬어지는 마샬 필즈 백화점, 유니온 도살장, 뮤니시펄 잔교 등이 유명하다. 그밖에 미술관, 박물관, 시카고 대학이 있다.

워싱턴 공원 입구에는 〈시간 분수〉라는 이름의 대석상 조형물이 자리하고 있다. 세계 최대의 온실에서는 열대 수목이 울창하게 자란다.

블랙스톤 호텔Blackstone Hotel은 시카고 제일 가는 호텔일 뿐 아니라, 세계에서도 가장 큰 호텔이란다. 방이 3천 개요, 26층이다. 내부에는 증권거래소를 비롯하여 댄스장, 이발소, 각종 상품을 파는 상점가가 있어 마치 시장과 같고, 손님에게 방을 배정하는 카운터가 마치 정거장에서 표를 파는 것과 같이 수십 개소다.

어느 곳을 가든지 반드시 미술관을 보게 되는 것은 무슨 의무같이 되었다. 시카고 미술관The Art Institute of Chicago의 그림 중에는 이탈리아 고대화의 카피가 많았다. 근대화로는 프랑스 인상파 화가 중 고갱, 고흐, 세잔, 르누아르, 시슬레, 피사로, 드가 것이 있고, 현대 그림은 마티스, 루소, 뒤샹 것도 있었다. 미켈란젤로의 조각 작품도 3개 있었다.

천국으로 통하는 길, 그랜드캐년

시카고를 떠났다. 눈 덮인 산이 멀리 보이고 토성土城과 같은 붉은 산이 웅대하게 평원을 쑥쑥 막고 있다. 이상스러운 방아가 보이고 원주민들의 원시적인 작은 집이 군데군데 눈에 띈다. 토굴 생활을 연상시킨다. 넓은 들에는 머리만 흰 소가 고개를 늘이고 있으며, 석탄과 같은 조각돌이 이상스레 눈에 띈다. 중간 정차가 10분, 20분씩 매우 오래 되어 그동안 원주민들의 수공예품을 구경할 수 있고 또 살 수도 있다.

괴이한 경치로 유명한 그랜드캐년에 내렸다. 엘토바르 호텔에 투숙하였다.

스위스의 경색이 예쁘고 아담하다 하면 미국의 자연 경색은 크고 잘 생겼다. 캐년Canyon은 협곡의 의미다. 깊이 1마일, 넓이 1마일의 층암 단층은 마치 이집트 피라미드와도 같아서 천길 밑바닥에서 무수히 솟아 있다.

그것이 석양에 비칠 때는 자연에 색을 투영한 것 같이 매우 웅대하다. 햇빛에 반사되어 계곡 바닥에 거꾸로 비친 그림자며 콜로라도 강의 은색 띠가 만드는 아름다운 모습 또한 말로 설명하기 어렵다. 암석 자체가 아름답다. 빛에 따라 그 색이 푸른색, 회색, 노란색, 붉은색으로 변한다. 그리하여 태양의 위엄과 자연을 확실한 형체로 볼 수 있다. 인디언들은 이곳을 천국으로 통하는 길이라고 한단다.

1박하고 다음날 오후에 1인당 12달러씩 하는 고가 표를 사가지고 자동차로 협곡의 중앙점과 종점까지 장거리를 왕래하였다. 전망대 있는 곳마다 내려서 보는 협곡의 기암괴석은 장관이었다.

돌아와서 행장을 차려가지고 오후 8시에 이곳을 떠났다.

로스앤젤레스

로스앤젤레스로 가는 열차는 여객이 편안하게 즐길 수 있도록 침대차, 식당차, 전망차 등이 갖추어져 있다. 전망차에는 골패실, 도서실, 응접실, 전망실이 있는데, 모두 뛰어나고 미려한 장식을 하여 놓았다.

로스앤젤레스는 항상 따뜻하고 아름다운 도시로 오렌지 밭, 야채시장, 꽃시장 등이 유명하다. 또 미국 동부 사람들의 피서지이다. 일본 오사카와 같이 유람지가 많아서 어디든지 전차로 갈 수 있고, 해수욕장이 여러 곳이다. 철도 선로에 기름을 바르고 연료는 석유를 쓰기 때문에 먼지와 매연이 없다.

시가지 도로 좌우는 키 크고 잎사귀 큰 종려나무 가로수라서, 시가지가 종려나무 속에 파묻혀 있다.

할리우드는 세계적으로 유명한 활동사진 필름 제작소이다. 우리가 구경할 때는 마침 배우들이 나와서 촬영하는 모습을 보이고 있었다. 배경으로 사용하는 설비가 굉장하였다.

요세미티 공원

겨울철과 여름철에 피한, 피서 관광객을 위한 특별열차를 공원 입구 엘포털El Portal까지 오게 한다. 승합자동차로 메르세드 강 계곡을 끼고 간다. 아와니Ahwahnee 호텔에 투숙하였다.

요세미티 공원은 수려한 산악, 폭포, 계곡, 기암으로 이루어져 있는데, 엘캐피탠, 브라이덜베일, 리본, 튜이울랄라 등의 폭포가 유명하다.

마리포사Mariposa 삼림[30]은 요세미티에서 매일 자동차가 왕래한다. 직경 15피트에서 30피트, 높이 4백피트에 이르는 큰 나무로 이루어진 세계 유수의 대삼림이다.

이 공원은 35년 전에 공개한 곳으로 미국 내의 수많은 공원 가운데 첫째 자리를 차지하고 있다. 이 산의 장점은 사철이 다 좋은 것이다. 봄에는 비가 적은데다 눈 녹은 폭포 물줄기가 굵어지고, 여름철은 평지의 더위를 피해 도시인들이 오두막 생활을 즐기고, 가을에는 단풍이 아름답고, 겨울은 춥지 않으면서 눈이 많이 내려 스케이트와 스키 놀이에 좋다.

호텔은 인도식 건물에 내부가 전부 멕시코 디자인이었다. 바닥에 직물을 깔고 벽에는 인도 사라사를 걸어놓아 하나하나 예술품 아닌 것이 없다. 눈이 푹푹 쏟아져 저 먼 산은 흐려지고 가까운 수목은 그 형상이 완연해진다. 거기 고귀한 사슴 떼가 입을 눈 위에 박고 거니는 것이 또한 보기 좋았다. 단체 스키를 온 여자들은 모두 바지를 입고 활발히 논다. 토요일 밤마다

30 삼나무과의 거목인 세계 최대 메타세쿼이아가 군락을 이루고 있는 숲.

댄스 모임이 있어 구경할 만했다.

마을 광장에서 보면 길이 2천 5백 척이나 되는 요세미티 폭포가 하늘에 흰 천을 친 것같이 내리 쏟아진다. 이곳에는 댄스장, 음악당, 수영장, 우체국, 도서관, 학교, 병원, 연구실, 상점 등이 있고, 관리사무소, 식당, 휴게소를 겸한 건물이 있다. 또한 전시관에 특산품을 진열해 놓아 여행객들에게 흥미와 실익을 준다. 수백 채의 목조 코티지도 볼거리다.

동서 문명의 접속점, 샌프란시스코

샌프란시스코는 70만 인구를 가진 미국 태평양 연안의 대도시로 사철 날씨가 봄과 같다. 미국 태평양의 관문이요, 인접한 샌프란시스코 만 주변의 인구를 합하면 150만 명에 이른다. 일본, 중국, 인도, 호주 등지의 무역선이 아침저녁으로 떠나고 모여드는 동서 문명의 접속점이다. 시가 남단에 위치한 이자산Twin Picks에 오르면, 삼면이 바다에 면하고 높은 빌딩이 나열해 있는 색채 찬란한 일대 파노라마의 아름다운 경치를 감상할 수 있다. 태평양 해안가에는 세계 제일인

커리어 이브스에서 제작한 1878년의 샌프란시스코 지도.
골드 러시로 도시가 개발되기 시작한 지 30년 만의 모습이다.

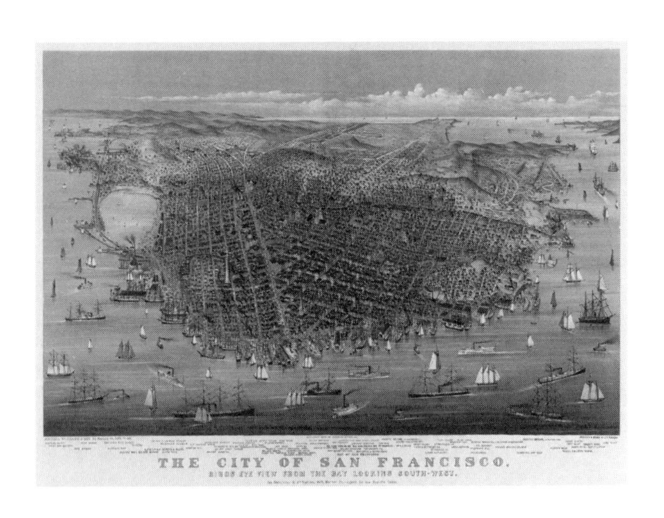

길이 5마일이나 되는 금문대공원, 수천 명을 수용하는 수트로배쓰 대수영장, 미 서부 학술 중심지인 캘리포니아 대학, 프레지디오 병영, 일본 다과점, 음악당, 식물원, 동물원이 자리하고 있다. 차이나타운은 그랜트 거리와 퍼시픽 거리 사이에서 매우 발전하고 있는데, 동양 미술품을 많이 만날 수 있다.

샌프란시스코 만 입구를 가리켜 금문Golden Gate이라고 한다. 이곳에 자리한 금문 공원은 잔디밭, 연못, 꽃밭이 교묘히 꾸며져 있고, 미술관, 온실, 유희장, 동물원을 만날 수 있다. 일본식 정원도 있다. 여기서 좀 가면 태평양 해변의 높은 절벽 아래 해표암이 있다. 바다표범이 무수히 나와 앉아 있는 것이 구경할 만하다.

태평양 물결이 뱃머리를 치다

태평양 바다에 뜨다

2월 14일에 다이요마루를 타고 요코하마를 향하여 태평양 위에 떴다. 다이요마루는 세계대전 때 독일서 빼어온 일본에서 제일 큰 배다. 배는 항로를 따라 검은 바다를 헤치며 빠른 속력으로 나아간다. 물인지 하늘인지, 하늘인지 물인지 분별없이 태평양 중을 간다. 며칠 가다가 구명동의life jacket를 허리에 매고 풍랑시 피난하는 연습을 한다.

승객에 대한 선원들의 대우는 모두에게 한결 같았다. 선장 이하 선원들의 친절한 대우는 유감이 없었다.

다이요마루 일등실은 좌우를 마주 보는 침대 2개가 놓여 있다. 남녀 종업원(여자는 girl, 남자는 boy)

이 시중을 든다. 목욕은 매일 아침 하게 된다. 아침에 일어나 커피를 마시고, 아침밥을 먹고, 갑판에서 놀면 차를 가지고 온다. 4시에 다과가 있고, 7시 반 나팔이 울리면 저녁을 먹는다. 일등 식당, 부인 담화실, 끽연실, 도서실, 유희실, 수영장, 아동실, 응접실, 이발소, 아동 유희실이 있다. 탁구, 고리 던지기, 실내 골프, 당구 같은 운동과 바둑, 장기, 카드, 마작 등으로 시간을 보낸다. 저녁식사 뒤에는 살롱에서 으레 노름이 시작되고, 낮에도 갑판 위에서 얼마라도 자유자재로 즐길 수 있다.

그리하여 2만 2천 톤 되는 배는 2천 명의 승객을 싣고 쉴 새 없이 달아나며, 그 위에서는 평지에서 하는 모든 동작을 하고 지낸다. 때로는 크고 완만하게 피칭pitching (세로 흔들림) 또는 롤링rolling(가로 흔들림) 동작하는 소리가 나고, 때로는 갑자기 소나기가 쏟아지며 시시각각 아름답게 지나가는 구름의 모습이 보인다. 갑판 위의 눕는 의자에 앉아 소설도 보고 혹 옆에 앉은 승객과 대화함도 상쾌하다.

바다와 하늘이 하나인 듯 멀고 아득한 파도 속을 화살과 같이 뚫고 가는데, 나는 듯 지나가는 물고기 떼, 쉼 없이 배를 따라 종주하는 새 떼, 혹은 돌고래 떼와 물 위로 떠오르는 고래 등 장관이었다. 항해 중 다른 기선과 조우할 때, 양쪽 배에 탄 사람 전원이 갑판 위에서 환호하는 소리, 상호 기적을 불어 안부를 묻는 모습은 실로 인정미의 표현이다. 특히 달밤에 신사, 숙녀, 가족 동반 혹은 연인끼리 삼삼오오 갑판을 거니는 광경 또한 시가 되고 만다.

활동사진, 음악회, 연극이 네 차례, 그리고 마지막 날에는 선원 일동이 출연한 연극이 상연되었다.

무전 전신으로 수신한 각국의 소식은 선내 신문이 되어 매일 밤 식탁 자리에 놓인다. 손님 자리마다 신문이 한 장씩 배부되므로, 바다 위에 떠서 세계 각국의 아침저녁 사정을 알 수가 있다.

여러 날 한 배 안에서 기거를 같이하는 동안 내외 승객들은 오랜 친구와 같이 친밀해진다. 여흥 일정을 정하고, 승객 중에서 임원을 뽑고, 또 각각의 장기대로 경기에 나설 선수를 정한다. 일동은 웃음과 흥으로 행복한 하루를 보낸다.

25일 밤 저녁식사는 스키야키 요리라는 소식이 날아왔다. 갑판 위에 다다미를 깔고 나이프와 포크는 내버린 채 일본 옷차림에 젓가락을 집어 스키야키와 정종으로 식사하게 된다. 그 진미 말할 수 없었다. 태평양 물결은 뱃머리를 치고 또 친다.

하와이 호놀룰루

하와이 제도는 마치 3막 연극 중의 2막과 같다. 샌프란시스코에서 승선한 지 1주일 만에 육지, 즉 사철 꽃이 피고 새가 우는 하와이에 기항하는 호강은 일생을 두고 잊기 어려울 것 같다. 하와이는 미국 땅이지만, 동양인이 많고 더욱이 우리 동포가 많이 거주하는 곳이다.

하와이 제도는 하와이를 위시하여 9개의 섬과 소수의 작은 섬으로 이루어져 있다. 통칭 하와이는 전설에 나타나는 하와이 섬의 최초 발견자 하와이로아의 이름을 따 지은 것이다.

하와이는 양양한 태평양 위의 십자로에 위치한다. 한쪽은 아시아 대륙, 다른 한쪽은 아메리카 대륙을 보고, 남쪽은 호주에 면하는 한편, 멀리 파나마 운하를 통해 태평양을 횡단 종단하는 선박에게 물과 연료를 공급하는 곳이다. 해저 전신국, 무선 전신국의 소재지로도 중요한 곳이다.

하와이는 미국의 군사 전초기지로서 중요한데, 육군과 해군 양쪽의 요새가 견고하다. 진주만 군항이 있고, 샤프터 기지, 스코필드 기지 등이 있다.

하와이는 더욱이 동서 문화의 접촉점이어서 범태평양 의회의 발상지요, 국제적 인종 문제의 출발지이다. 아울러 사철 기후가 온화하여 피서지, 휴양지로 이상적이다.

킹 거리 하와이 주 법원 앞에 서 있는 카메하메하 1세 동상은 제임스 쿡 선장의 하와이 발견 백주년 기념제 때 칼라카우아 왕이 건설한 것인데, 이탈리아 피렌체에서 주조하였다.

카메하메하 왕은 하와이 섬을 통일하여 카메하메하 왕조를 수립한 추장이다. 오늘도 눈부신 금빛 영웅의 모습으로 그 자리에 우뚝 솟아 있다.

호놀룰루 시의 동북쪽 7마일 떨어진 곳에 있는 누아누팔리는 카메하메하 1세가 하와이를 통일하기 위한 마지막 전투를 치른 전쟁터이다. 이곳은 천 길 낭떠러지의 아름다운 경관을 자랑하며, 세계에서 세 번째로 풍속이 센 바람이 분다고 한다.

호놀룰루 시 중앙 산중에 돌출한 해발 5백 피트

의 사화산 펀치볼Punch Bowl 정상에는 분화구의 흔적이 남아 있다. 옛날 이 섬의 추장이 전쟁에 나갔다가 돌아올 때 많은 포로와 부녀자를 잡아오고 물건을 약탈해 개선 축하연을 열 때, 돌연 산이 울리면서 분화가 일어났다. 그 생령生靈이 춤을 추어 참혹한 추장을 경계하였다는 전설이 있다.

이 언덕에 오르면 호놀룰루는 물론이요 에와 들판, 진주만 군항, 와이파후, 아이에아 들판 등 먼 곳까지 조망할 수 있다.

다이아몬드헤드Diamond Head는 옛 분화구의 자취로 지금은 미국 육군 오아후 요새지의 하나라고 한다. 여기서 곧 와이키키 해안을 갈 수 있다.

와이키키 수족관은 하와이 근해에 사는 오채칠색五彩七色의 모든 진귀한 어족이 수집되어 세계적으로 이름 높은 곳이다.

호족 찰스 비숍은 공주였던 자신의 아내를 기념하기 위해 여러 가지 공공사업에 힘을 쏟았다고 한다. 그중 비숍Bishop 박물관은 가장 가치 있는 곳으로 꼽힌다. 내벽에 진귀한 용암 자재를 사용하였으며, 폴리네시아인의 생활 문화를 보여주는 도구, 조각을 비롯하여 이 지역의 자연, 생물 자료를 망라해 놓아 남양南洋

민족의 문화를 살피는 데 유용하다.

하와이 출항

출항 시간이 되니 배에서 내렸다 모여드는 승객과 전송객으로 대단히 복잡해진다. 몸에 걸치는 꽃다발과 목에 거는 목걸이(식물 열매를 꿴 것)를 파는 사람, 사는 사람, 사서 가는 사람, 사람 목에 걸어주는 사람, 야단법석이다. 고동이 울리고, 전송인이 내리고, 육지에서는 손을 흔들고, 어떤 하와이 여인들은 무리를 지어 춤을 추고(하와이춤) 노래를 하여 일대 장관이 벌어진다. 배가 떠난다. 나체의 원주민들이 승객들이 던지는 돈을 물구나무서서 집어가지고 나오고, 어떤 사람은 배 위로 올라와 돈을 거두어 가지고 물속으로 떨어진다. 또한 구경거리였다. 아, 배는 다시 바다에 떴다.

선내 생활 마지막 밤이 되었다. 식탁에는 선물과 각각 색깔이 다른 모자가 놓여 있다. 모두 모자들을 쓰고 앉았다. 선장의 인사가 있은 후, 미국 대사관 참사관 부인의 선창에 따라 만세 삼창이 있었다. 각각의 관등대로 식탁에 앉는데 우리 자리에는 주인 사무장을 비롯하여 조선척식회사 과장 노다 씨 부부도 있었다.

요코하마 도착

2만 2천 톤 되는 다이요마루는 샌프란시스코에서 요코하마까지 5,510마일을 17일 만에 주파하였다. 오후 2시에 무사히 도착하였다. 부두는 영접 나온 사람들로 인산인해를 이루었다. 손을 들고 소리를 질러 갑판 위와 육지 사이에 인사가 건네진다. 우리를 맞으러 온 사람은 양재하 씨와 김택진 씨였다. 매우 반가웠다. 배에서 내려 동경으로 가 신주쿠 호텔에 투숙하였다.

동경 집은 모두 바라크 같고, 도로는 더럽고, 사람들은 허리가 새우등같이 꼬부라지고, 기운이 없어 보였다.

이왕 전하를 비롯하여 지인 친우들을 찾았다. 오찬을 내는 사람, 만찬을 대접하는 사람, 환영이 자못 컸다. 10일 오후 9시 30분 차로 동경역을 떠났다. 아아, 내 가슴은 쉴 새 없이 두근거린다. 도카이도 선을 질주하였다. 구라파 경색에 비하면 산이 높고 수려한 맛은 있으나, 마음을 적시는 기분이 적다.

고국에 돌아오다

12일 오전 8시에 부산에 도착하였다. 친척들과 노모, 세 아이가 마중 나왔다. 나는 꿈인지 생시인지 눈물도 아니 나오고, 감상이 이상스럽다. 자동차로 동래에 돌아왔다. 1년 8개월 전에 보던 버섯과 같은 집, 먼지 나는 길 원시 그대로 있다. 다만 사람이 늙고 컸을 뿐이다. 무엇보다 노모의 기운이 좋고, 삼남매가 건강한 것은 다행한 일이다.

아, 아, 동경하던 구미 만유도 지나간 과거가 되고, 그리워하던 고향에도 돌아왔다. 이로부터 우리의 앞길은 어떻게 전개되려는고.

〈자화상〉. 1928년경 나혜석의 나이 33살 무렵의 모습.

〈신생활에 들면서〉에서

《삼천리》 1935. 2

가자, 파리로. 살러 가지 말고 죽으러 가자. 나를 죽인 곳은 파리다. 나를 정말 여성으로 만들어준 곳도 파리다.
나는 파리 가서 죽으련다.
찾을 것도, 만날 것도, 얻을 것도 없다. 돌아올 것도 없다.
영구히 가자. 과거와 현재가 텅 빈 나는 미래로 나가자. …
4남매 아이들아, 에미를 원망치 말고 사회제도와 도덕과 법률과 인습을 원망하라. 네 에미는 과도기 선각자로 그 운명의 줄에 희생된 자였더니라.

나혜석은 이 땅 최초의 여성 동경 유학생이자 서양화가다. 김명순과 선후를 다투는 최초의 여성 소설가이기도 하다. 신여성들에게 세상은 거대한 벽이었다. 식민지 체제, 봉건사상, 남성중심주의라는 억압적 질서는 숨쉬기조차 버거웠다. 김명순은 정신이상자가 되어, 윤심덕은 자살로, 나혜석은 행려병자로 삶을 마감했다.

나혜석은 '사람이 되고 예술가가 되고' 싶었다. 돌연 그에게 꿈도 꾸어보기 어려운 세계일주 기회가 찾아온다. 한 달여 시베리아를 횡단한 후 파리에 1년 2개월간 머물면서 유럽 각지를 여행한다. 이어 미대륙을 둘러보고 태평양을 건너 돌아온다.

실로 놀랍다. 20개월이 넘는 기간 동안 세계를 주유한 것도 놀랍거니와, 그 궤적이 완벽히 지구를 한 바퀴 돌고 있다. 나혜석 이전에 세계일주라 이름할 만한 여행은 1883년 조선 정부가 파견한 보빙사 일행과 나혜석에 한 해 앞선 허헌 정도가 있을 뿐이다.

여행중 나혜석은 작가로서의 정체성을 끝없이 채찍질하고 되묻는다. 미술 기행이라고 해도 좋을 정도다. 또 하나의 화두는 여성으로서의 정체성이었다.

"나는 여성인 것을 확실히 깨달았다. … 여성은 위대한 것이요, 행복한 존재임을 깨달았다. 모든 물정이 여성의 지배하에 있는 것을 보았고 알았다."

〈아아, 자유의 파리가 그리워〉

나혜석의 여행기는 근대적 개인으로 탈각해 가는 신여성들의 세계를 이해하는 중요한 기록이다. 그의 기행기는 서너 편이 단편적으로 소개되거나 전집 속에 접근도 읽기도 어려운 형태로 옹송거리고 있을 뿐이다. 이 책은 나혜석이 남긴 모든 기행문을 집대성한 것이다. 모두 23편의 글(2편은 신문기사)이 이 책의 피와 살이 되었다. 단편적인 기행문 조각까지 박스 형태로 수록하였다.

나혜석은 여행중 그림 작업을 계속하였다. 나혜석의 그림 가운데 세계 여행과 관련되는 작품을 골라 함께 수록한다. 일부 나혜석의 그림이 아닌 작품은 기행문을 이해하는 데 도움을 주는 것들이다.

이로써 지금으로부터 똑 90년 전 이 땅의 여성 가운데 최초로 지구를 한 바퀴 돈 나혜석의 여행은 글과 그림으로 온전히 복원되었다.

가갸날 편집부

원전 및 참조자료

> 이 책 본문의 각 단원에는 다음의 자료가 원전 혹은 참조 자료로 사용되었습니다. 왼쪽은 본문의 단원 제목이며, 오른쪽 글은 나혜석이 쓴 원문의 제목입니다. 원문 자료의 출전은 다음 쪽에 밝혀두었습니다.

떠나기 전의 말 : 〈소비에트 러시아행〉
소비에트 러시아를 가다 : 〈소비에트 러시아행〉 〈CCCP〉 〈구미시찰기〉
파리에서 스위스로 : 〈CCCP〉 〈베를린과 파리〉
서양 예술과 나체미 : 〈베를린과 파리〉 〈서양 예술과 나체미〉
아아, 자유의 파리가 그리워 : 〈꽃의 파리행〉 〈서양 예술과 나체미〉
〈파리의 모델과 화가 생활〉 〈파리 화가 생활〉
〈다정하고 실질적인 프랑스 부인〉
베를린의 그 새벽 : 〈베를린에서 런던까지〉 〈구미시찰기〉
〈베를린의 그 새벽〉
이탈리아 미술을 찾아 : 〈이태리 미술관觀〉 〈이태리 미술기행〉
도버 해협을 건너다 : 〈베를린에서 런던까지〉
정열의 스페인행 : 〈정열의 서반아행〉 〈구미시찰기〉 〈파리에서 뉴욕으로〉
대서양을 건너 미국으로 : 〈파리에서 뉴욕으로〉
〈태평양 건너서 고국으로〉
태평양의 물결이 뱃머리를 치다 : 〈태평양 건너서 고국으로〉

자료 출전

| 나혜석 글 |

〈소비에트 러시아행 - 구미유기1〉, 《삼천리》 1932. 12
〈CCCP - 구미유기2〉, 《삼천리》 1933. 2
〈베를린과 파리〉, 《삼천리》 1933. 3
〈꽃의 파리행 - 구미순유기 속〉, 《삼천리》 1933. 4
〈베를린에서 런던까지 - 구미유기의 속〉, 《삼천리》 1933. 5
〈서양 예술과 나체미 - 구미일주기 속〉, 《삼천리》 1933. 12
〈베를린의 그 새벽〉, 《중앙》 1934. 2
〈다정하고 실질적인 프랑스 부인 - 구미 부인의 가정생활〉, 《중앙》 1934. 3
〈정열의 서반아행 - 세계일주기 속〉, 《삼천리》 1934. 5
〈파리에서 뉴욕으로 - 세계일주기 (속)〉, 《삼천리》 1934. 7
〈태평양 건너서 고국으로 - 구미유기 속〉, 《삼천리》 1934. 9
〈이태리 미술관觀〉, 《삼천리》 1934. 11
〈이태리 미술기행 - 전호 속〉, 《삼천리》 1935. 2
〈내 남편은 이러하외다〉, 《신여성》 1926. 6
〈아우 추계에게〉, 《조선일보》 1927. 7. 28
〈구미시찰기〉, 《동아일보》 1930. 4. 3 ~ 4. 10
〈아아, 자유의 파리가 그리워 - 구미만유하고 온 후의 나〉, 《삼천리》 1932. 1
〈파리의 모델과 화가 생활〉, 《삼천리》 1932. 3
〈파리 화가 생활 - 파리의 모델과 화가 생활〉, 《삼천리》 1932. 4
〈신생활에 들면서〉, 《삼천리》 1935. 2
〈영미 부인 참정권 운동자 회견기〉, 《삼천리》 1936. 1

| 신문 기사 |

〈나혜석 여사 세계 만유〉, 《조선일보》 1927. 6. 21
〈특선작 '정원'은 구주 여행의 선물〉, 《동아일보》 1931. 6. 3

그림 저작권